세 마리 토끼 잡는 독서 논술

C5

초3~초4

KB026305

저자: 지에밥 창작연구소_

'지에밥'은 '찐 밥'이라는 뜻을 가진 순우리말로, 감주 · 막걸리 · 인절미 등 각종 음식의 재료를 뜻합니다.
'지에밥 창작연구소'는 차지고 윤기 나는 밥을 짓는 어머니의 정성처럼 좋은 내용으로 세상 모든 사람들에게 넉넉하게 쓰일 수 있는 지혜를 선물하고 싶습니다.

이 책을 쓴 지에밥 연구원들_

강영주(지에밥 창작연구소 소장, 빨간펜 논술, 기탄 국어 등 기획 개발), 김경선(동화작가 및 기획 편집자),
김혜란(동화작가, 아동문학가협회 회원), 왕입분(동화작가 및 기획 편집자), 우현옥(동화작가), 이현정(동화작가),
이혜수(기획 편집자), 이현정(동화작가 및 기획 편집자), 정성란(동화작가), 조은정(동화작가 및 기획 편집자),
최성옥(기획 편집자), 한현주(동화작가), 한화주(동화작가), 홍기운(동화작가 및 기획 편집자)

이 책을 감수한 선생님들_

권영민(서울대학교 국어국문학과 교수), 홍준의(서원대학교 과학교육과 교수),
김병구(숙명여자대학교 의사소통센터 교수), 문영진(전북대학교 국어교육과 교수), 조현일(원광대학교 국어교육과 교수),
김건우(대전대학교 국어국문학과 교수), 유호종(서울대학교 철학박사), 구자송(상암고등학교 국어 교사),
김영근(서울과학고등학교 국어 교사), 최영환(여의도고등학교 국어 교사), 구자관(한성과학고등학교 국어 교사),
윤성원(한성과학고등학교 국어 교사), 장원영(세화고등학교 역사 교사), 박영희(대왕중학교 과학 교사),
심선희(서울고등학교 과학 교사), 한문정(숙명여자고등학교 과학 교사)

세마리 토끼 잡는 독서 논술 C5권

펴낸날 2024년 4월 15일 개정판 제7쇄
지은이 지에밥 창작연구소 | **연구원** 이자원, 박수희 | **펴낸이** 주민홍 | **펴낸곳** ㈜NE능률 | **디자인** framewalk | **삽화** 김석류(표지, 캐릭터) | **영업** 한기영, 이경구, 정철교, 김중희, 김남준, 이우현, 정민욱 | **마케팅** 박혜선, 남경진, 허유나, 이지원, 김여진 | **주소** 서울특별시 마포구 월드컵북로 396(상암동) 누리꿈스퀘어 비즈니스타워 10층(우편번호 03925) | **전화** (02)2014-7114 | **팩스** (02)3142-0356 | **홈페이지** www.nebooks.co.kr | **출판등록** 제1-68호
ISBN 979-11-253-3091-2 | 979-11-253-3113-1 (set)

펴낸날 2012년 3월 1일 1판 1쇄
기획 개발 지에밥 창작연구소 | **디자인 기획 진행** 고정선 | **디자인** 유정아, 박지인, 이가영, 김지희 | **삽화** 오유선, 안준석, 정현정, 윤은하, 김민석, 윤찬진, 정효빈, 김승민

제조년월 2024년 4월 **제조사명** ㈜NE능률 **제조국** 대한민국 **사용 연령** 10~11세
Copyright©2019. 이 책의 저작권은 ㈜NE능률에게 있습니다.
내용의 일부 또는 전체를 사용하려면 미리 출판사의 동의를 얻어야 합니다.
※ 파본은 구매처에서 교환 가능합니다.

〈세 마리 토끼 잡는 독서 논술〉을 펴내며

하루하루 성장하는 내 아이의 모습을 확인하길 바라며

프랑스의 유명한 정신 분석학자이자 철학자인 라캉은 인간이 성장한다는 것은 '상징계'에 편입되는 것이라고 말했습니다. 그가 말한 상징계란 '언어를 매개로 소통하는 체계'를 의미하는데, 우리가 살아가는 세상 혹은 사회가 바로 그것입니다. 결국 한 아이가 태어나서 정신적으로 성장하는 아동기에서 가장 중요한 것은 언어로 소통하는 능력을 키우는 일입니다. 〈세 마리 토끼 잡는 독서 논술〉은 이와 같은 점에 주목하여 기획하고 구성하였습니다.

첫째, 문자 언어를 비롯하여 그림, 도표 등 다양한 상징체계를 이해하는 과정을 통해 통합적인 언어 이해력을 키울 수 있도록 하였습니다.

둘째, 텍스트 이해력뿐만 아니라 추론 능력, 구성(표현) 능력, 비판적 사고 능력 등을 통합적으로 길러서 여러 가지 문제를 해결하는 데 실질적으로 도움이 될 수 있도록 하였습니다.

셋째, 초등 교육과정의 핵심 내용과 밀접하게 연계되도록 설계하였습니다.

부모님보다 더 훌륭한 스승은 없습니다. 〈세 마리 토끼 잡는 독서 논술〉은 부모님 이외의 다른 어떤 선생님도 필요 없습니다. 이 학습 프로그램을 통해서 하루하루 성장하는 내 아이의 모습을 확인하는 기쁨을 누리시길 바랍니다.

교재의 성격

세 마리 토끼 잡는 독서 논술이란?

어떤 책인가요?

하나의 주제와 관련된 다양한 글(동화, 시, 수필, 만화, 논설문, 설명문, 전기문 등)을 읽고 통합 교과적인 문제를 풀면서 감각적 언어 능력(작품의 이해와 감상)과 논리적 이해 능력(비문학의 구조, 추론, 적용 등), 국어 지식(어휘, 문법 등), 사회와 과학 내용 등을 통합적으로 익히는 독서 논술 프로그램 학습지입니다.

몇 단계, 몇 권인가요?

〈세 마리 토끼 잡는 독서 논술〉은 다음과 같이 총 5단계, 25권입니다.

단계	P단계	A단계	B단계	C단계	D단계
대상 학년	유아~초등 1년	초등 1년~2년	초등 2년~3년	초등 3년~4년	초등 5년~6년
권 수	5권	5권	5권	5권	5권

세 마리 토끼란?

'독서', '사고', '통합 교과'의 세 가지 영역을 말합니다. 즉, 한 권의 독서 논술 책으로 다양한 장르의 글을 읽을 수 있고, 논술 문제를 풀면서 사고력을 기를 수 있으며, 초등학교 주요 교과 내용과 연계된 문제를 풀면서 통합 교과 학습을 할 수 있습니다.

독서

* 각 단계에 맞게 초등학교의 주요 교과 내용을 주제로 정함.
* 각 권의 주제와 관련된 글을 언어, 사회, 과학 등으로 나누어 읽을 수 있음.

사고

* 언어, 사회, 과학 등과 관련된 다양한 장르의 글을 읽고 논술 문제를 풀면서 생각하는 능력과 생각하는 폭을 확장할 수 있음.

통합 교과

* 다양한 장르의 글을 읽고 초등학교 국어, 사회, 과학 등의 학습 내용과 관련된 문제를 풀면서 통합 교과 학습을 할 수 있음.

하루에 세 장씩 꾸준히 학습하면 세 마리 토끼를 잡을 수 있어요.

하루에 세 장씩 학습하면 한 권을 한 달에 끝낼 수 있어요.

세 마리 토끼 잡는 독서 논술 이런 점이 다릅니다

초등학교 교과 내용과 긴밀하게 연결되어 있습니다.

각 단계의 권별 내용과 문제는 그 단계에 맞는 학년의 주요 교과 내용과 긴밀하게 연결되어 교과 학습에 도움을 줍니다.

하나의 주제를 통합 교과적으로 접근합니다.

각 권마다 하나의 주제가 있고, 그 주제를 언어, 사회, 과학과 연결시켜서 사고를 확장할 수 있게 하였습니다. 그리고 여러 교과와 연계된 문제를 풀면서 통합 교과적인 사고를 할 수 있습니다.

다양한 서술·논술형 문제를 풀 수 있습니다.

매 페이지마다 통합 교과 논술 문제를 제시하여 생각하는 힘과 표현력을 키울 수 있는 것은 물론 학교 시험에서 강화되고 있는 서술 · 논술형 문제에 대비할 수 있습니다.

다양한 장르의 글을 접할 수 있습니다.

각 주제와 관련된 명작 동화, 창작 동화, 전래 동화, 설화, 설명문, 논설문, 수필, 시, 만화, 전기문 등 다양한 장르의 글을 읽으면서 각 장르의 특성을 체험하며 독서하는 습관을 기를 수 있습니다. 특히 현재 왕성하게 활동하고 있는 여러 동화 작가의 뛰어난 창작 동화가 20여 편 수록되어 있습니다.

수준 높은 그림을 많이 제시하여 흥미롭게 학습할 수 있습니다.

어린이들은 글과 그림이 조화를 이룬 책으로 공부할 때 학습 효과를 높일 수 있습니다. 또한 좋은 그림은 어린이들의 정서 발달에 도움을 줍니다. 이런 점을 생각하여 한 페이지를 넘길 때마다 수준 높은 그림을 제시하여 어린이들이 흥미롭게 학습할 수 있도록 하였습니다.

교재의 구성

세 마리 토끼 잡는 독서 논술은 이렇게 구성되었습니다

독서 전 활동 생각 열기

★ 한 주의 학습을 시작하기 전에 주제와 관련된 사진이나 그림을 보고, 앞으로 학습할 내용에 대해 흥미를 가질 수 있도록 하였습니다.

★ '생각 톡톡'의 문제를 풀면서 주제에 대한 자신의 경험이나 평소 생각을 돌이켜 보며 앞으로 학습할 내용을 짐작할 수 있도록 하였습니다.

★ 통합 교과 활동과 이어질 교과서의 연계 교과를 보며 교과 내용을 참고할 수 있도록 하였습니다.

독서 중 활동 깊고 넓게 생각하기

1주 언어

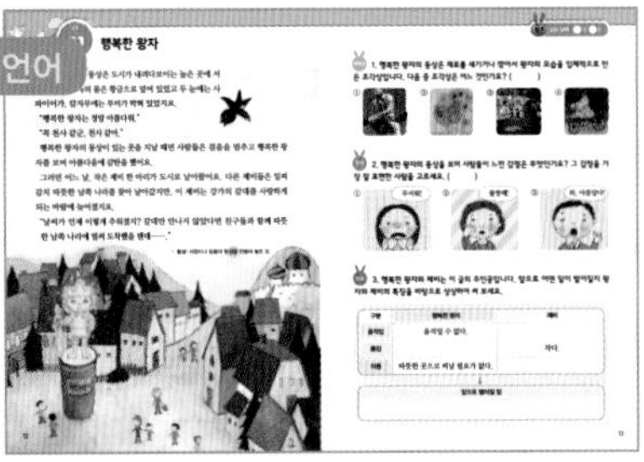

2주 사회

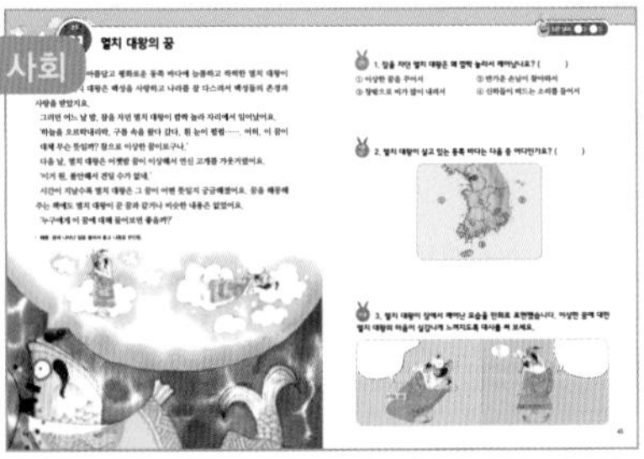

3주 과학

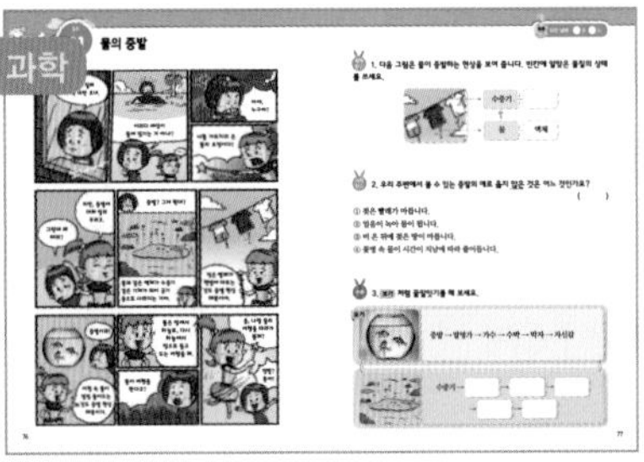

4주 통합 활동/장르별 글쓰기

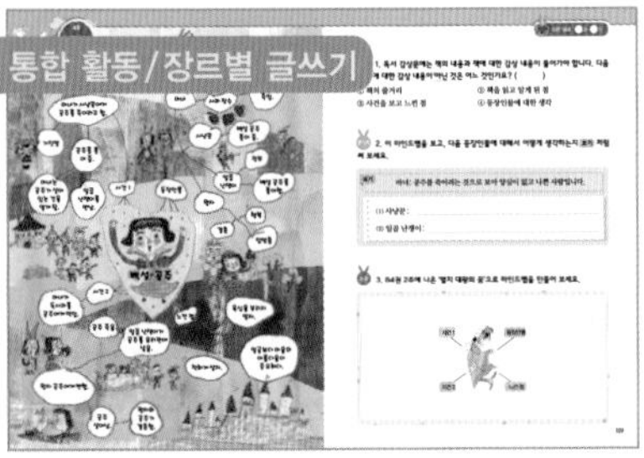

★ 한 권에 하나의 주제가 있고, 그 주제를 언어, 사회, 과학으로 나누어서 다양한 장르의 글을 읽으며 통합 교과 문제와 논술 문제를 풀 수 있도록 구성하였습니다.

★ 1주는 언어, 2주는 사회, 3주는 과학과 관련된 제재로 구성하였고, 4주는 초등 교과에서 다루고 있는 여러 가지 장르별 글쓰기(일기, 동시, 관찰 기록문, 기행문, 독서 감상문, 기사문, 논설문, 설명문, 희곡 등)와 명화 감상, 체험 학습 등의 통합 교과 활동으로 구성하였습니다.

독서 후 활동 생각 정리하기

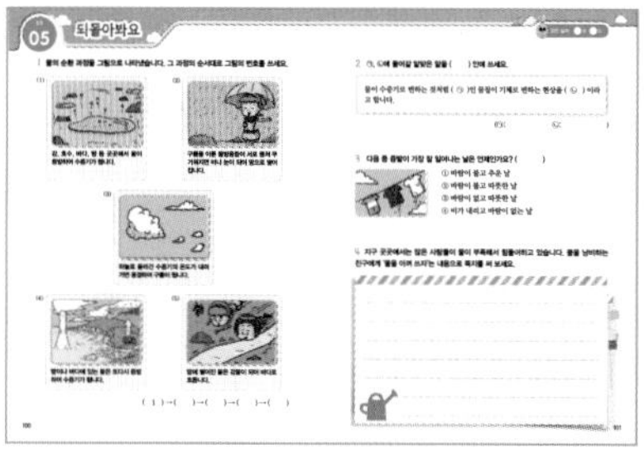

되돌아봐요

★ 앞에서 읽은 글을 돌이켜 보면서 이야기의 흐름과 중심 생각을 파악하고, 더 나아가 자신의 생각을 발전시키는 문제를 풀 수 있도록 하였습니다. 이를 통해 한 주 동안 읽고 생각한 내용을 머릿속에서 차근차근 정리할 수 있습니다.

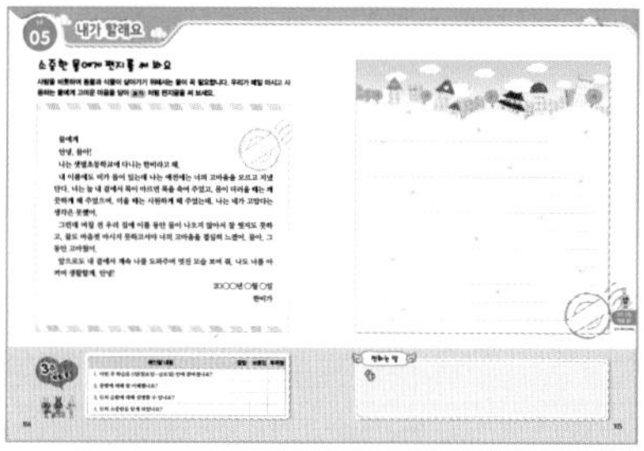

내가 할래요

★ 주제와 관련된 여러 가지 활동을 하며 한 주의 학습을 마무리할 수 있도록 하였습니다. 종이접기, 편지 쓰기, 그림 그리기 등 재미있는 활동을 하며 창의력과 상상력을 키울 수 있습니다.

★ 한 주의 학습이 끝난 다음 체크 리스트를 통해 학습한 주요 내용을 잘 이해하고 적용할 수 있는지 평가할 수 있습니다.

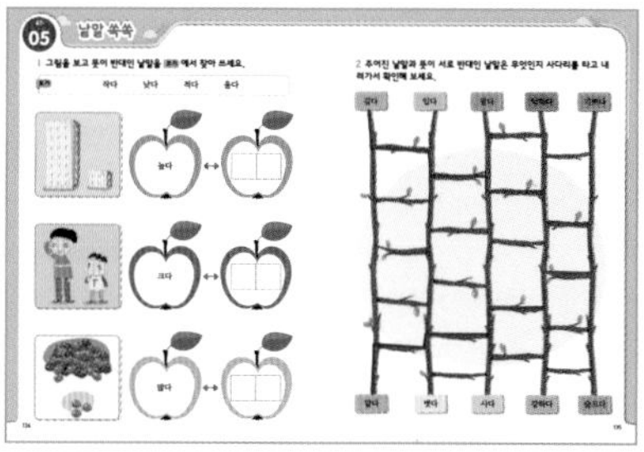

낱말 쏙쏙 (유아 P단계)

★ 한 주 동안 글을 읽으며 새로이 배운 낱말들을 그림과 더불어 살펴보고 익힐 수 있습니다.

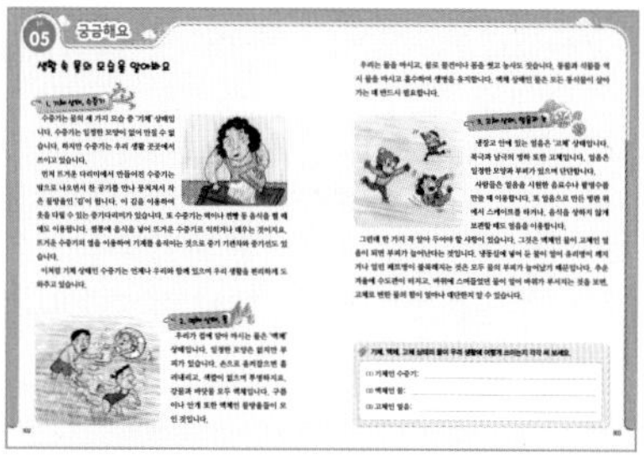

궁금해요 (초등 A~D단계)

★ 한 주 동안 읽은 글이나 주제와 관련된 배경지식을 제공하여 앞에서 학습한 내용을 좀 더 깊이 이해할 수 있습니다.

세 마리 토끼 잡는 독서논술의 커리큘럼

단계	권	주제	제재			
			언어(1주)	사회(2주)	과학(3주)	통합 활동 장르별 글쓰기(4주)
P (유아 ~초1)	1	나의 몸 살피기	뾰족성의 거울 왕비	주먹이	구슬아, 어디로 가니?	몸 튼튼, 마음 튼튼
	2	예절 지키기	여우와 두루미	고양이가 달라졌어요	비비네 집으로 놀러 와!	안녕하세요?
	3	친구와 사귀기	하얀 토끼, 까만 토끼	오성과 한음	내 친구를 자랑합니다!	거꾸로 도깨비 나라
	4	상상의 즐거움	헤라클레스의 모험	용용 죽겠지?	나는야 좋은 바이러스	상상이 날개를 달았어요
	5	정리와 준비의 필요성	지우개야, 고마워!	소가 된 게으름뱅이	개미 때문에, 안 돼~!	색깔아, 모양아! 여기 모여라!
A (초1 ~초2)	1	스스로 하기	내가 해 볼래요!	탈무드로 알아보는 스스로 하는 힘	우리도 스스로 잘 살아요	일기를 써 봐요
	2	가족의 소중함	파랑새	곰이 된 아빠	동물들의 특별한 아기 기르기	편지를 써 봐요
	3	놀이의 즐거움	꼬부랑 할머니와 흰 눈썹 호랑이	한 번도 못 해 본 놀이	동물 친구들도 노는 게 좋대요	머리가 좋아지는 똑똑한 놀이
	4	계절의 멋	하늘 공주가 그린 사계절	눈의 여왕	나뭇잎을 관찰해요	동시를 써 봐요
	5	자연 보호	세모산 솔이	꿀벌 마야의 모험	파브르 곤충기 (송장벌레)	관찰 기록문을 써 봐요
B (초2 ~초3)	1	학교생활	사랑의 학교	섬마을 학교가 좋아졌어요	우리 반 사고뭉치 기동이	소개하는 글을 써 봐요
	2	호기심 과학	불개 이야기	시턴 "동물기" (위대한 통신 비둘기 아노스)	물을 훔쳐 간 범인을 찾아라!	안내하는 글을 써 봐요
	3	여행의 즐거움	하나의 빨간 모자	15소년 표류기	갯벌 탐사 여행	기행문을 써 봐요
	4	즐거운 책 읽기	행복한 왕자	멸치 대왕의 꿈	물의 여행	독서 감상문을 써 봐요
	5	박물관 나들이	민속 박물관에는 팡이가 산다	재미있는 세계 이야기 박물관	과학관으로 놀러 오세요	광고하는 글을 써 봐요

단계	권	주제	제재			
			언어(1주)	사회(2주)	과학(3주)	통합 활동 장르별 글쓰기(4주)
C (초3 ~초4)	1	교통의 발달	자동차의 왕, 헨리 포드	당나귀를 타려다가……	교통수단, 사람들 사이를 잇다	명화 속 교통수단
	2	날씨와 환경	그리스 로마 신화	북극 소년 피터	생활 속 과학	날씨와 생활
	3	나누며 사는 삶	마더 테레사	민들레 국숫집	지진과 화산	주장하는 글을 써 봐요
	4	지역의 자연환경	울산 바위의 유래	우리 마을이 최고야!	아름다운 우리 고장	우리 마을 지도를 그려 봐요
	5	지역의 문화	준치가 메기 된 날	강릉의 딸, 겨레의 어머니 신사임당	우리나라 풀꽃 이야기	지역 특산물을 소개해 봐요
D (초5 ~초6)	1	우리 역사	삼국유사	옛날 사람들은 어떻게 살았을까?	역사를 바꾼 겨레 과학	지붕 없는 박물관, 경주 역사 유적 지구
	2	문화재	반야산 불상의 전설	난중일기	우리 문화에 숨어 있는 과학	설명하는 글은 어떻게 쓸까요?
	3	경제생활	탈무드로 만나는 경제	나눔을 실천한 기업가 유일한	재미있는 확률 이야기	기사문은 어떻게 쓸까요?
	4	정보화 사회	컴퓨터 천재 빌 게이츠	봉수와 파발	컴퓨터와 인터넷 세상	연설문은 어떻게 쓸까요?
	5	세계와 우주	우주를 여행하는 과학자 스티븐 호킹	80일간의 세계 일주	별과 우주	희곡은 어떻게 쓸까요?

세 마리 토끼 잡는 독서 논술 이렇게 공부하세요

자신 있게 학습할 수 있는 단계를 선택하세요.

〈세 마리 토끼 잡는 독서 논술〉은 어린이 개인의 능력에 따라 단계를 선택하여 학습할 수 있는 교재입니다. 학년과 상관없이 자신이 자신 있게 학습할 수 있는 단계부터 선택하는 것이 중요합니다. 너무 어려운 단계나 너무 쉬운 단계를 선택하면 학습에 흥미를 잃을 수 있으므로 주의하세요.

한 주 동안 읽어야 할 독서 자료를 미리 읽으세요.

한 주 동안 읽어야 할 독서 자료를 미리 읽고 전체 내용을 파악한 다음, 매일 3장씩 읽고 문제를 푸는 것이 독서 학습을 하는 데 효과적입니다. 독서에는 흐름이 있습니다. 전체의 흐름을 미리 알고 세부적인 문제를 푸는 것이 사고력 확장에 도움이 됩니다.

매일 3장씩 꾸준히 공부하세요.

'가랑비에 옷이 젖는다.'라는 속담처럼 매일 꾸준히 3장씩 읽고, 생각하고, 표현하다 보면 독서, 사고, 통합 교과적 사고 능력이 성장한다는 것을 느낄 수 있을 것입니다. 그리고 매일 학습을 마친 뒤에는 '1일 학습 끝!' 붙임 딱지를 붙이면서 성취감을 느껴 보세요.

한 주 학습을 마친 후 자기 평가를 해 보세요.

한 주 학습이 끝난 다음에는 체크 리스트를 통해 학습한 내용을 얼마나 이해하고 적용할 수 있는지 스스로 평가해 보세요. 그래서 부족한 부분이 있다면 다시 한번 짚고 넘어가세요.

부모님과 깊이 있는 대화를 나누어 보세요.

한 주 동안 독서 자료를 읽고 문제를 풀면서 생각하고 표현해 보았다면, 그 주제에 대해 부모님과 이야기를 나누어 보세요. 주제에 대해 자신이 새롭게 알게 된 것이나 다르게 생각하게 된 것을 부모님과 이야기하다 보면 생각이 더욱 커진답니다.

한 주 학습표

일	월	화	수	목	금	토

★ 한 주 동안 읽어야 할 독서 자료 미리 읽기

★ 매일 3장씩 학습하기 → '1일 학습 끝!' 붙임 딱지 붙이기 → 한 주 학습이 끝나면 체크 리스트를 보며 평가하기

★ 부족한 부분 되짚기
★ 주요 내용 복습하기

세 마리 토끼 잡는 독서논술

C단계 5권

주제	주	제목	교과 연계 내용
지역의 문화	언어(1주)	준치가 메기 된 날	[국어 3-2] 감각적 표현의 재미를 살려 이야기 감상하기
			[국어 4-1] 이야기를 읽고 생각과 느낌 나누기 / 인물의 마음 생각하며 읽기
			[사회 3-2] 우리 고장의 지리적 특성을 조사하고, 이것이 고장 사람들에게 미치는 영향 알기 / 우리 고장과 다른 고장의 의식주 비교하기
			[도덕 3] 우정의 의미와 중요성 알고 참된 우정과 예절 실천하기
	사회(2주)	강릉의 딸, 겨레의 어머니 신사임당	[국어 4-1] 이야기를 읽고 생각과 느낌 나누기 / 자신의 생각과 느낌 효과적으로 전달하기
			[사회 3-1] 교통수단 및 통신 수단의 발달이 우리 생활에 미치는 영향 알기
			[사회 4-1] 우리 지역을 대표하는 문화유산과 역사적 인물에 대해 알기
			[미술 5~6] 우리나라 미술과 다른 나라 미술의 특징 비교하며 감상하기
	과학(3주)	우리나라 풀꽃 이야기	[국어 4-1] 사실과 의견을 구분하여 글 읽기 / 이야기 흐름을 파악하며 이어질 내용 상상하기
			[과학 4-1] 씨에서 열매를 맺기까지 식물의 한살이 알기 /씨가 싹 트는 데 필요한 조건 알기
			[과학 4-1] 식물의 특징과 잎의 생김새 탐구하기
			[과학 5-1] 우리 생활에서 식물의 특징을 활용한 생활용품 찾아보기
	통합 활동(4주)	지역 특산물을 소개해 봐요	[국어 3-1] 전하고 싶은 마음을 담아 글쓰기
			[사회 3-1] 고장의 역사적인 유래와 특징을 바탕으로 고장에 대해 친밀감 갖기 / 고장의 문화유산의 특징과 가치를 파악하여 고장에 대한 자긍심 갖기
			[사회 5-1] 우리 국토의 위치와 영역, 자연환경, 인문 환경에 대해 설명하기

1주

준치가 메기 된 날

생각톡톡 사진은 우리나라의 서해안 모습입니다. 어떤 느낌이 드는지 써 보세요.

관련교과

[국어 4–1] 이야기를 읽고 생각과 느낌 나누기 / 인물의 마음 생각하며 읽기

[사회 3–2] 우리 고장의 지리적 특성을 조사하고, 이것이 고장 사람들에게 미치는 영향 알기 / 우리 고장과 다른 고장의 의식주 비교하기

1주

01 준치가 메기 된 날

내가 사는 이곳은 서쪽 바다의 작은 칼국숫집이에요. 이곳에서 나는 할머니와 아빠, 엄마, 그리고 동생 윤서와 함께 살지요.

칼국숫집에 어떻게 사람이 사냐고요? 낮에는 칼국숫집이지만, 저녁 8시가 되면 식구들이 옹기종기 모여 앉아 밥도 먹고 잠도 자는 아늑한 집이 되지요. 우리 집, 신기하지요?

사실 이곳으로 이사 간다는 말을 들었을 때에는 하늘이 무너지는 것 같았어요. 서울에는 내가 좋아하는 친구들과 공원, 도서관 들이 모두 있거든요. 그런 서울을 두고 다른 곳으로 가야 하다니, 내가 얼마나 슬펐겠어요?

"난 싫어. 안 갈 거야. 난 그냥 고모 집에 살면서 학교에 다닐 거라고! 난 그냥 서울에 두고 가란 말이야."

"안 돼! 어떻게 너만 두고 가?"

"그만해라, 제발."

아무리 투정을 부려도 엄마와 아빠는 마음을 바꾸지 않았어요.

언어 1. 이 글의 주인공인 '나'는 서쪽 바다로 이사 간다는 말을 들었을 때 왜 하늘이 무너지는 것 같았나요? (   )

① 집이 무너져서
② 날씨가 안 좋아서
③ 아빠 엄마와 헤어져야 해서
④ 서울에 있는 친구, 장소 들과 헤어져야 해서

사회탐구 2. 주인공 '나'가 살고 있는 서쪽 바다와 맞닿은 '도'를 모두 찾아 쓰세요.

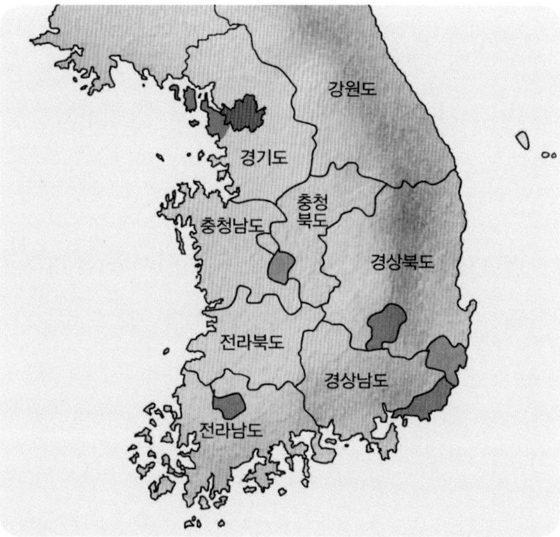

논술 3. 여러분도 이 글의 '나'처럼 정든 사람들과 헤어진 적이 있었나요? 여러분이 헤어진 사람 가운데 가장 보고 싶은 사람을 보기 처럼 소개해 보세요.

보기 (1) 나와의 관계: 김능희 선생님은 여섯 살 때 나를 가르쳐 주신 분이에요.
(2) 보고 싶은 이유: 키도 작고 몸도 말랐지만 늘 넉넉한 마음으로 나와 친구들을 사랑해 주었기 때문이에요.

(1) 나와의 관계:
(2) 보고 싶은 이유:

마침내 우리 가족은 지난달에 이곳으로 이사 와 살기 시작했어요.

나는 곧 새 학교로 전학을 갔지요.

"안녕. 나는 서울에서 온 장윤하라고 해. 잘 부탁해."

뭐가 그렇게 궁금한지 아이들은 나에게 다가와 이것저것 물었어요.

"서울의 어디서 왔어?"

"너희 집 어디야?"

"키 몇이야?"

하지만 내 머릿속에는 온통 서울에 두고 온 친구들 생각뿐이었지요.

'지금쯤 애들은 뭐 하고 있을까? 연하랑 채민이랑 짝이 됐을까?'

자꾸 눈물이 났어요. 그래서 친구들의 질문에 나도 모르게 "몰라.", "됐어.", "필요 없어."라는 성의 없는 대답들만 했지요.

사회 탐구 **1. '나(윤하)'가 서울에 사는 친구와 생각이나 정보를 주고받기 위해 의사소통할 수 있는 수단은 무엇이 있을까요? 모두 고르세요. (   )**

① 편지를 보낸다.

② 전화 통화를 한다.

③ 쪽지를 병에 담아 바닷물에 띄워 보낸다.

④ 인터넷으로 메일을 보내거나 채팅을 한다.

언어 **2. '나(윤하)'가 친구들의 질문에 "몰라", "됐어", "필요 없어."라고 성의 없게 대답한 이유는 무엇일까요? (   )**

① 선생님께 혼이 날까 봐

② 친구들이 이상한 질문을 해서

③ 마음이 울적하여 말하기 싫어서

④ 대답할 말이 잘 생각나지 않아서

논술 **3. 새 학교로 전학 간 '나(윤하)'의 마음속에는 어떤 생각들이 자리 잡고 있었을까요? 아래에 있는 윤하의 마음 주머니에 써 보세요.**

내가 하도 톡톡거려서인지, 얼마 뒤부터 아이들은 나를 '준치'라고 부르기 시작했어요. 살에 가시가 많아 먹기 불편한 생선인 준치요.

내 별명이 준치인 걸 어떻게 알았냐고요? 짝꿍 명규 덕분에 알게 됐지요. 명규가 숙제를 안 해 왔다고 좀 보여 달라고 해서 "됐어."라고 했거든요. 그랬더니 저보고 "그렇게 못되게 구니까 애들이 너보고 준치라고 하지. 가시 엄청 많은 준치." 하는 거예요.

하! 참, 기가 막혀서. 그런데 그 이야기를 들으니 우리 반 아이들이 전보다 더 밉지 뭐예요. 생긴 건 하나같이 꼴뚜기 같으면서 대체 누구한테 준치라는 거예요!

"됐어. 자기들은 얼마나 부드러워서, 칫! 뼈 없는 오징어나 되라지."

나는 명규에게 한마디 톡 쏘고 돌아앉아 버렸어요. 하지만 명규는 오징어에도 물렁뼈가 있다며 하루 종일 깐죽거렸지요.

'이제 아무하고도 안 놀 거야.'

나는 단단히 마음먹었답니다.

과학 탐구 1. 준치같이 바다에 사는 물고기의 특징으로 알맞은 것은 무엇인가요? (　　　)

▲ 준치

① 움직이지 못한다.
② 다리로 걸어 다닌다.
③ 아가미로 숨을 쉰다.
④ 여러 개의 다리로 기어 다닌다.

1주 1일 학습 끝!
붙임 딱지 붙여요.

언어 2. '나(윤하)'를 준치라고 부른 것처럼, 다음 친구들을 그 특징에 알맞게 동물과 짝을 지어 보세요.

(1) 꾀가 많은 민영 •　　　• ㉠ 여우

(2) 방귀를 잘 뀌는 진규 •　　　• ㉡ 개

(3) 냄새를 잘 맡는 희준 •　　　• ㉢ 스컹크

논술 3. 다음 상황에서 '나(윤하)'의 마음이 어떻게 바뀌고 있는지 빈칸에 써 보세요.

상황	윤하의 마음
(1) 윤하가 자기 별명이 준치라는 것을 듣게 됨.	
↓	
(2) 명규가 윤하에게 하루 종일 깐죽거림.	

하지만 친구가 없으니 좀 심심해요. 쉬는 시간에 수다 떨 친구도 없고, 학교를 오갈 때도 늘 혼자이지요. 집 방향이 같은 선영이마저도 나 대신 다른 친구들과 어울려 다녀요. 정말 너무하지요?

'딱 한 번만 말을 걸어 주면 좋을 텐데…….'

혼자서 집으로 오는 길, *방파제에 앉아 바다를 바라보는데 괜히 눈물이 났어요.

"훅, 흑흑."

*봇물 터지듯 계속해서 눈물이 흘렀지요.

'밀려왔다 빠져나가는 바닷물처럼 나도 어디론가 훌쩍 가 버릴 수 있다면 참 좋을 텐데……. 그러면 아이들이 나에게 조금이라도 관심을 가져 주지 않을까?'

등 뒤로 삼삼오오 무리 지어 집으로 가는 친구들 소리가 들렸어요.

* **방파제**: 파도를 막기 위하여 높게 쌓은 둑.
* **봇물**: 보(둑을 쌓아 흐르는 냇물을 막고 물을 담아 두는 곳)에 괴어 있는 물.

언어 1. '나(윤하)'가 현재 처해 있는 상황이 아닌 것은 무엇인가요? (　　　　)

① 학교를 오갈 때 늘 혼자 다닌다.
② 친구들이 자꾸 때리고 괴롭힌다.
③ 쉬는 시간에 수다 떨 친구가 없다.
④ 집 방향이 같은 선영이도 나와 같이 다니지 않는다.

과학탐구 2. 서쪽 바다에서는 바닷물이 육지 가까이로 밀려왔다 빠져나가는 현상을 볼 수 있습니다. 이렇듯 바닷물이 밀려오는 것과 밀려 나가는 것을 무엇이라고 부르나요? (　　　　)

① 밀물과 썰물
② 일식과 월식
③ 자전과 공전
④ 아침과 저녁

▲ 바닷물이 밀려 나간 서해안

논술 3. 보기 를 참고하여 여러분이 '나(윤하)'라면 어떻게 행동할지 써 보세요.

보기

내가 선영이라면

집이 같은 방향이니 윤하와 같이 집에 가면서 윤하의 마음을 알아보려고 노력했을 것이다.

내가 윤하라면

날씨가 맑은 봄날 아침.

오늘은 옆 반인 1반과 피구 대회가 있는 날이에요. 피구는 내가 가장 잘하는 운동이지요. 하지만 잘하려다가 괜히 실수라도 하면 친구들은 이전보다 나를 더 싫어하겠지요? 그래서 오늘은 그냥 조용히 공이나 피하려고요.

체육 시간. 선생님의 호루라기 소리와 함께 경기가 시작되었어요.

"이쪽 이쪽! 패스 패스!"

"악!"

"엄마야!"

공이 움직일 때마다 아이들은 우르르 몰려다니며 공을 피했어요. 저요? 저는 그냥 선 채로 몸만 조금씩 움직이며 공을 피했지요. 친하지도 않은 아이들과 몰려다니려니 자존심이 상하더라고요.

그런데 이런!

"퍽!"

창피하게도 내가 우리 반에서 가장 먼저 공을 맞고 말았어요.

언어 1. '나(윤하)'는 피구 경기를 할 때 왜 선 채로 몸만 조금씩 움직이며 공을 피했나요?

( )

① 피구 경기에 자신이 없어서
② 친구들이 너무 시끄러워서
③ 빨리 퇴장한 뒤 쉬고 싶어서
④ 친하지 않은 친구들과 몰려다니기 싫어서

예체능 2. 다음은 피구에 대한 설명입니다. ㉠에 알맞은 물건은 무엇인가요? ( )

우리가 '피구'라고 알고 있는 이 경기의 원래 이름은 '도지볼'입니다. 공격하는 팀이 수비하는 팀의 선수에게 공을 맞추어 아웃시키는 경기이지요. 이 경기는 (㉠) 하나만 있으면 어디에서나 즐길 수 있으며, 아이들의 적극성을 끌어내기 위해 만들어졌습니다.

① 공
② 물
③ 수영복
④ 탁구 라켓

논술 3. 윤하네 반 친구들이 '나(윤하)'의 경기 태도에 대해 할 말이 있나 봅니다. 세 친구 중 가장 조리 있게 말한 친구는 누구인가요? 그렇게 생각한 까닭도 써 보세요.

(1) 가장 조리 있게 말한 친구: ....

(2) 그렇게 생각한 까닭: ....

....

피구를 잘하는 내가 첫 번째로 퇴장을 당하다니, 말도 안 돼요!

으, 아무리 생각해도 분하고 억울했어요. 그런데 누구 하나 나에게 괜찮냐고 묻는 사람이 없었지요. 이럴 줄 알았지만 너무 서운하고 정말 창피했어요.

아무리 마음을 가다듬으려고 해도 경기 내내 자꾸 화가 났어요.

'두고 보자. 두고 보자!'

나는 두 주먹을 불끈 쥐었지요.

곧 경기가 끝났어요. 선생님께서 호루라기를 불며 외치셨어요.

"휘리릭! 첫 번째 경기는 1반의 승리!"

경기에서 진 우리 반 아이들은 모래를 발로 차거나 주먹을 쥐며 아쉬워했어요. 콧구멍을 벌름거리며 씩씩거리는 아이들도 있었지요.

"이게 뭐야!"

아이들은 저마다 분이 난 듯 보였어요.

1주 2일 학습 끝!

붙임 딱지 붙여요.

언어 1. 경기에서 첫 번째로 퇴장당했을 때 '나(윤하)'의 기분은 어땠을까요? '나'가 느낀 감정을 보기 에서 세 가지만 골라서 써 보세요.

보기

부끄러움	자랑스러움	즐거움	서운함	억울함	행복함

(, ,)

언어 2. 이 글을 연극으로 꾸미려고 합니다. 경기에서 진 윤하네 반 아이들의 행동으로 적절하지 않은 모습을 연기한 아이는 누구일까요? ( )

논술 3. 이 글의 주인공인 윤하를 초대하여 이야기를 나누어 보려고 합니다. 다음 질문에 대한 윤하의 대답을 여러분이 직접 써 보세요.

“휙!”

짧은 호루라기 소리와 함께 두 번째 경기가 시작되었어요.

1반 아이들은 이번에도 가장 먼저 나를 향해 공을 던졌지요. 하지만 한 번 당하지, 두 번 당하겠어요?

나는 두 팔과 두 다리를 확 오므려 날아오는 공을 받아 냈어요.

“와!”

우리 반 아이들이 함성을 질렀어요.

그 함성 소리를 뚫고 상훈이가 굵은 목소리로 크게 외쳤지요.

“오징어 권법 납시오!”

두 팔과 두 다리로 공을 잡는 제 모습이 마치 오징어 같았나 봐요. 아이들은 손뼉을 치며 깔깔거렸어요.

“진짜 오징어 같다, 킥킥킥.”

“우하하하하.”

내가 생각해도 좀 웃기긴 웃겨요.

언어 1. 다음 중 '나(윤하)'의 오징어 권법을 찾아 ◯표를 하세요.

(1)

(   )

(2)

(   )

(3)

(   )

과학탐구 2. 피구 경기에 사용되는 공은 가죽으로 만들어진 물체입니다. 다음 중 물체와 만든 재료가 잘못 짝 지어진 것은 무엇인가요? (   )

① 옷－헝겊
② 공책－종이
③ 열쇠－금속
④ 지우개－나무

논술 3. 이 글을 네 컷 만화로 만들려고 합니다. 아래의 빈칸에 여러분이 직접 대화 글을 써 보세요.

1주 03

조금 뒤 또 다른 공 하나가 우리 반을 향해 빠르게 날아왔어요. 상훈이가 몸을 S 자로 만들어 공을 피했지요. 그러자 멀찌감치 서 있던 명규가 소리쳤어요.

"오, 전기뱀장어 권법이다!"

이번에는 1반 아이들까지 까르르 웃었지요.

시간이 흐를수록 아이들은 피구 경기보다 권법 이름을 짓는 게 더 재미있는 것 같았어요. 내가 흙먼지를 일으키며 공을 피하자 "미꾸라지 권법 발사!"라며 좋아했고, 선영이가 공을 안고 쓰러지자 "와, 조개 권법이다!"라며 즐거워했지요.

그 외에도 눈을 흘기며 피하는 가자미 권법과 옆으로 피하는 게 권법 등 여러 가지 권법이 생겨났어요.

진영이가 공을 피하다가 방귀를 "뿡!" 하고 뀌자 "똥 권법이다, 똥 권법!" 하며 난리가 났고요. 똥 권법, 정말 웃기지요? 냄새까지 구려서 권법 가운데 가장 강한 권법일 것 같아요.

언어 1. 동작에 어울리는 권법 이름이 잘못 짝 지어진 것은 무엇인가요? (   )

①

조개 권법

②

미꾸라지 권법

③

똥 권법

④
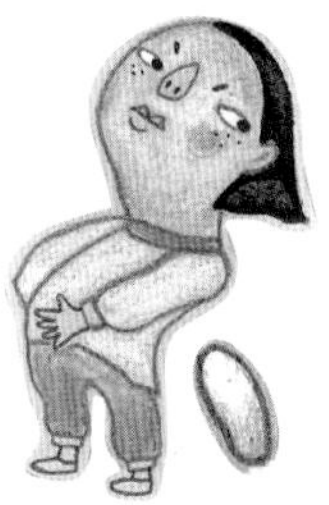
가자미 권법

과학 탐구 2. 다음 중 강에서 볼 수 있는 생물을 두 개 고르세요. (   )

① 바지락

② 달랑게

③ 미꾸라지

④ 전기뱀장어

논술 3. 다음은 게 권법으로 공을 피하는 모습입니다. 동작에 어울리는 권법 이름을 여러분이 새롭게 지어 보세요. 그렇게 지은 까닭도 써 보세요.

(1) 권법 이름:

(2) 그렇게 지은 까닭:

어느새 우리 반에는 나 혼자 남고, 옆 반에는 진수만 남았어요.

"1반 이겨라. 방진수 파이팅!"

"2반, 2반, 장윤하 파이팅!"

둘 중 한 명이 먼저 공에 맞으면 게임 끝! 아, 나는 심장이 터질 것 같았어요.

하지만 내가 누구예요? 피구왕 장윤하 아니예요? 나는 곧 날아오는 공을 가뿐히 잡아 진수를 향해 던졌어요.

"우아, 장윤하! 장윤하!"

운동장 가득 내 이름이 울려 퍼졌지요.

악! 그런데 이를 어쩌지요?

진수가 내가 던진 공을 받으려다가 갑자기 얼굴을 감싸 쥐고 쓰러졌어요.

진수의 손가락 사이로 검붉은 피가 뚝뚝뚝.

선생님은 하얗게 질린 얼굴로 진수에게 달려가셨어요. 아이들은 당황해 조용해졌지요.

언어 1. 피구 경기에서 진수와 '나(윤하)'만 남게 되었을 때, '나'는 왜 심장이 터질 것 같았나요? (   )

① 아이들이 모두 자신만 보는 것 같아서
② 평소에 좋아하던 진수와 자신만 남아서
③ 자신의 실력을 보여 줄 절호의 기회가 와서
④ 공에 맞을 경우 자신의 반이 경기에서 지기 때문에

1주 3일 학습 끝!

붙임 딱지 붙여요.

사회 탐구 2. 진수처럼 학교에서 친구가 갑자기 아프다고 하면 어떻게 하는 것이 좋을까요? (   )

① 모른 척한다.
② 119에 전화해 구급차를 부른다.
③ 어디가 아픈지 묻고 보건실로 데려간다.
④ 선생님이 오실 때까지 무작정 기다린다.

논술 3. '나(윤하)'가 진수에게 사과의 쪽지를 보내려고 합니다. '나'의 미안한 마음이 느껴지도록 여러분이 직접 써 보세요.

진수에게
진수야, 안녕? 난 2반 장윤하야.

....

....

....

20○○년 ○월 ○일
윤하가

1초, 2초, 3초, 4초……. 마침내 진수가 선생님의 부축을 받고 일어났어요. 진수의 코와 입 주변이 검붉은 피로 얼룩져 있었지요.

"코피가 났을 때에는 이렇게 누르면 조금 진정이 된단다."

선생님은 진수의 코를 지그시 누른 채 나를 부르셨어요.

"장윤하!"

갑자기 손발이 후들후들 떨렸지요.

"이렇게 먹물 뿜아내는 주꾸미 권법은 언제 발명한 거야? 다음부터 주꾸미 권법은 좀 삼가 줄래?"

"…… 주꾸미 권법요?"

조용하던 아이들이 일순간 까르르 웃기 시작했어요. 잔뜩 긴장하고 있던 나는 울 듯 웃을 듯 이상한 표정이 되었지요.

"이번 경기는 2반 승리! 자, 이제 다 교실로 들어가자."

교실로 들어가는 내내 아이들은 나에게 엄지손가락을 들어 주었어요.

제 기분이오? 진수가 좀 걱정되기는 했지만, 정말 좋았어요, 헤헤헤.

언어 1. 선생님이 "장윤하!" 하고 불렀을 때, '나(윤하)'는 왜 갑자기 손발이 후들후들 떨렸나요? (　　　　)

① 공이 날아오는 것 같아서
② 친구들이 자신을 탓할까 봐
③ 진수가 자신에게 화를 낼까 봐
④ 진수가 다친 것 때문에 혼날까 봐

사회탐구 2. 아이들은 '나(윤하)'에게 대단하다는 의미로 엄지손가락을 들어 주었어요. 이처럼 우리는 손으로도 생각을 전할 수 있어요. 아래 그림들은 각각 어떤 의미를 나타내는지 알맞은 것을 찾아 줄로 이어 보세요.

(1)
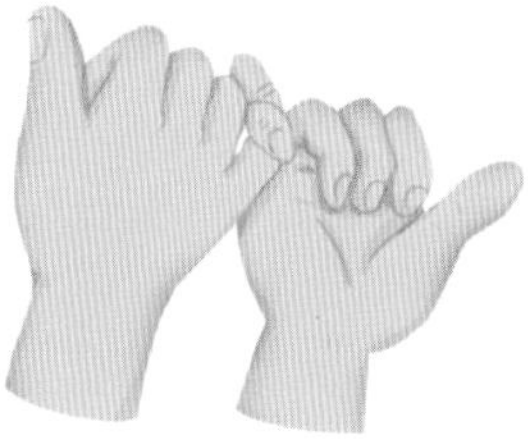

(2)
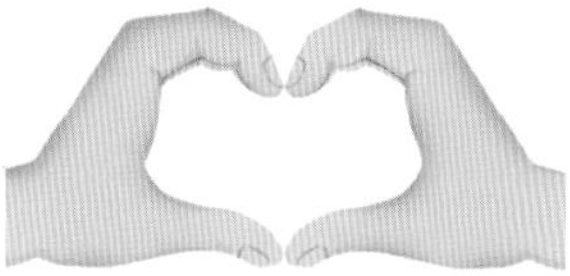

(3)

㉠ "안 돼."　　㉡ "사랑해!"　　㉢ "약속해."

논술 3. 보기 를 참고하여 친구들이 '나(윤하)'에게 해 주고 싶었을 칭찬을 빈칸에 써 보세요.

보기
윤하야,
너는 어쩜 그렇게
피구를 잘하니?
정말 대단해.

(1)

(2)

(3)

교문을 나서는데 상훈이와 선영이, 그리고 명규와 아령이가 달려왔어요.
“피구 천재! 그냥 가면 어떻게 해.”
“응? 왜?”
“주꾸미 권법이 탄생한 날인데, 주꾸미 먹물 라면이라도 먹어야지.”
“아냐 아냐. 게 권법이 더 멋있으니까 게 라면 먹자.”
“뭐? 무슨 라면?”
내가 어리둥절해 하자 선영이와 아령이가 설명해 주었어요.
“주꾸미 먹물 라면은 주꾸미 먹물을 물에 터뜨려서 끓인 라면이야. 먹물이 터져서 라면이 시커멓게 돼. 진짜 신기하지?”
“게 라면은 게를 넣고 끓인 라면이야. 다리가 부러지거나 몸통이 깨져서 못 파는 게를 퐁당 넣지. 진짜 시원해.”
세상에 주꾸미랑 게로 라면을 끓이다니!
나는 나도 모르게 눈이 동그래졌어요.

언어 **1. 상훈이와 선영이, 명규와 아령이는 왜 '나(윤하)'에게 라면을 끓여 먹자고 했을까요?**

( )

① 윤하와 친해지려고
② 윤하가 라면을 잘 끓여서
③ 윤하에게 부탁할 일이 있어서
④ 윤하가 화난 것을 풀어 주려고

과학 탐구 **2. 다음은 물이 끓는 원리에 대한 대화입니다. 라면을 끓일 때 꼭 필요한 에너지는 무엇일까요? ( )**

냄비에 물을 넣고 가스 불을 켜니 물의 온도가 점점 올라가네.

그건 열에너지가 물로 전달되었기 때문이야.

아, 그러면 열에너지 때문에 100도까지 올라가서 물이 끓는 것이구나.

① 위치 에너지 ② 열에너지 ③ 운동 에너지 ④ 전기 에너지

논술 **3. 다음은 라면을 끓이는 과정을 찍은 사진들입니다. 각 과정을 설명하는 글을 간략하게 써 보세요.**

(1)

냄비에 물을 알맞게 담아 불 위에 올려놓는다.

(2)

(3)

(4)

“어! 장윤하, 눈이 동그래지니까 진짜 귀엽다.”

“히히, 김상훈! 너 장윤하 좋아하지?”

“아냐 아냐, 아니라고. 정말 아니라고!”

상훈이는 얼굴이 빨개지더니 버럭 화까지 냈어요.

“알았어 알았어. 알았으니까 김상훈, 너네 집에서 끓여 먹자.”

“그야 당연하지. 다 같이 출동!”

우리는 상훈이를 따라 신나게 달렸어요. 나는 실실 웃으며 흥얼흥얼 콧노래까지 불렀지요.

“얘들아, 윤하 좀 봐. 입이 커서 그런가, 웃으니까 꼭 메기 같지?”

명규가 나를 가리키며 말했어요. 옆에 있던 선영이도 거들었지요.

“맞아 맞아. 히히히, 준치가 메기 됐네.”

“뭐라고! 너희들 진짜…….”

친구들은 어깨까지 들썩이며 큰 소리로 웃었어요.

오늘따라 바닷바람이 유난히 시원해요.

사회 탐구 1. 친구나 이웃과 사이좋게 지내야 하는 이유를 두 가지 고르세요. (   )

① 아무 때나 전화해서 만날 수 있다.
② 함께 어울리며 즐겁게 지낼 수 있다.
③ 자신이 원하는 모든 것을 얻을 수 있다.
④ 어려울 때나 힘들 때 도움을 주고받을 수 있다.

1주 4일 학습 끝!
붙임 딱지 붙여요.

언어 2. 선영이가 말한 "준치가 메기 됐네."라는 말을 통해 '나(윤하)'의 모습이 어떻게 바뀌었는지 보기 에서 찾아 번호로 써 보세요.

보기
① 활짝 웃는 표정　　② 슬퍼서 우는 표정
③ 겁이 난 표정　　④ 시무룩한 표정

▲ 메기

(　　　　　　)→(　　　　　　)

논술 3. 다음은 '나(윤하)'가 쓴 일기의 일부분입니다. 마무리하지 못한 부분을 여러분이 완성시켜 보세요.

20○○년 ○월 ○일	날씨: 맑음
제목: 이렇게 좋을 줄 알았다면…….	

오늘은 1반과 피구 대회를 했다. 피구를 매우 좋아하지만, 사실 경기를 시작할 때만 해도 나는 '대강 해야지.' 하는 마음이 컸다. 별로 친하지도 않은 친구들과 우르르 몰려다니는 게 불편했기 때문이다.

하지만 첫 번째로 공을 맞고 퇴장하게 되자 오기가 생겼다. 그래서 두 번째 경기에서는 죽을힘을 다해 싸웠다. 그랬더니 ………………

되돌아봐요

'준치가 메기 된 날'의 내용을 이야기 흐름대로 정리하여 봅시다.

(1)

↓

(2) 그러나 윤하는 서울에 두고 온 친구들이 그리워 새로운 친구들을 성의 없게 대합니다. 결국 윤하는 '준치'라는 별명을 얻습니다.

↓

(3) 자신의 별명을 알게 된 윤하는 새로운 친구들에 대한 마음의 문을 더 굳게 닫습니다.

↓

(4)

↓

(5) 윤하는 피구 대회의 첫 경기에서 첫 번째로 퇴장하게 되자 오기가 생깁니다. 그래서 두 번째 경기에서 숨은 실력을 발휘해 자신의 반을 승리로 이끕니다.

↓

(6)

2 다음 그림에서 '준치가 메기 된 날'의 이야기 중 가장 인상적이었던 부분을 고르고, 그것을 고른 까닭을 써 보세요.

(1) 가장 인상적이었던 장면: ....

....

(2) 그 까닭: ....

....

....

3 큰 고비를 넘긴 '나(윤하)'에게 여러분은 어떤 선물을 주고 싶나요? 다음 카드 중에서 윤하에게 선물해 주고 싶은 것을 고르고, 그것을 선택한 이유를 써 보세요.

카메라	편지 봉투	배구공	망치	사과	꽃	물감	컴퓨터	휴지

(1) 윤하에게 주고 싶은 것: ....

(2) 그 까닭: ....

....

서해의 맛있는 축제들

서해는 넓은 갯벌과 푸른 물이 있어서 사시사철 좋은 먹을거리들이 풍부해요. 그래서 맛있는 먹을거리와 좋은 볼거리를 갖춘 유명한 축제들이 자주 열리지요. 봄 여름 가을 겨울에 열리는 서해의 맛있는 축제로 떠나 볼까요?

봄 서천 동백꽃 주꾸미 축제

졸깃한 주꾸미는 봄에 제맛이에요. 봄이 되면 알이 꽉 차서 다른 계절에 먹는 것보다 훨씬 맛있거든요. 그래서 충청남도 서천군에서는 매해 3~4월 즈음 '서천 동백꽃 주꾸미 축제'를 연답니다. 신선한 주꾸미를 마음껏 맛보는 것은 물론이고, 붉고 탐스러운 동백꽃과 아름다운 서해 풍경도 함께 감상할 수 있지요. 주꾸미를 잡아 보는 체험도 즐길 수 있어요.

여름 화성 뱃놀이 축제

서해는 삼국 시대부터 우리나라의 중요한 교역로였어요. 고대부터 교역이 활발하게 이루어져 왔던 곳 중 하나인 전곡항과 궁평항 일대에서 바로 '화성 뱃놀이 축제'가 열리지요. 매년 6월에 열리는 화성 뱃놀이 축제는 여름을 맞는 관광객들에게 볼거리, 놀거리, 먹거리를 두루 선사한답니다.

특히 일반 사람들이 평소에 타 보기 힘든 요트나 보트, 수상 자전거 등을 직접 타는 체험을 할 수 있어요. 또 서해안의 해양 생태 체험을 할 수 있는 화성 지질 여행 프로그램도 있고, 물대포와 물총을 이용한 물놀이도 신나게 펼쳐진답니다. 화성 뱃놀이 축제, 온 가족이 함께 하면 더욱 즐겁겠지요?

가을 홍성 남당항 대하 축제

서해안의 대표적인 먹을거리는 바로 큼지막하고 고소한 대하(새우의 한 종류)예요. 하지만 대하라고 해서 다 똑같은 대하가 아니에요. 가을이 한창인 9~10월 즈음에 먹는 대하가 진짜 싱싱하고 통통하지요.

그래서 충청남도 홍성에서는 매년 가을 '홍성 남당항 대하 축제'를 열어요. 대하 축제가 열리는 남당항은 봄에는 주꾸미, 여름에는 활어, 가을에는 대하, 겨울에는 새조개 등, 맛있는 음식이 가득하기로 이름난 항구이지요. 소금에 잘 구운 대하를 먹으며 서해의 해가 지는 모습도 감상해 보세요.

겨울 보령 천북 굴 축제

충청남도 보령시 천북면은 전국에서 가장 맛있는 굴이 나는 곳이에요. 그래서 매년 12월이 되면 부드러운 굴 맛을 마음껏 즐길 수 있는 '보령 천북 굴 축제'를 열지요. 가을에 살이 차기 시작해 겨울이 되면 속살이 가득 차오르는 굴. 천북 굴 축제에서 생굴과 굴구이, 굴회, 굴덮밥, 굴보쌈 등 바다의 우유라고 불리는 고소하고 영양가 높은 굴을 실컷 만나 보세요.

서해안의 맛있는 축제 중에서 가장 가 보고 싶은 축제와 그 까닭을 써 보세요.

서해의 맛있는 축제에 놀러 오세요!

'준치가 메기 된 날'의 주인공 윤하가 서울에 사는 친구들에게 서해안 축제에 초대하는 글을 쓰려고 합니다. 보기 를 참고하여 초대하는 글을 써 보세요.

보기

보령 천북 굴 축제에 초대합니다!

제목

서해안 최고의 축제인 '보령 천북 굴 축제'에 여러분을 초대합니다.

서해안의 서천 동백꽃 주꾸미 축제나 홍성 남당항 대하 축제는 아는 사람들이 많지만, 아쉽게도 보령 천북 굴 축제에 대해서는 아는 사람이 그리 많지 않아요. 하지만 보령 천북 굴 축제는 부드러운 굴을 맛보며 운치 있는 겨울 바다도 느낄 수 있는 매우 아름다운 축제예요.

다른 축제보다 시끌벅적하지는 않지만, 그래서 더 편안히 즐길 수 있지요. 게다가 몸에 좋은 굴을 저렴하게 많이 먹을 수 있어서 정말 좋아요.

몸과 마음이 모두 건강해지는 보령 천북 굴 축제에 꼭 놀러 오세요.

초대하는 행사 소개

때: 20○○년 12월 19일~28일
장소: 충청남도 보령시 천북면
오는 길: '보령 천북 굴 축제' 사이트 참고

때와 장소, 오는 길에 대한 정보

자영이가

보내는 사람

1주 학습 끝!

확인할 내용	잘함	보통	부족
1. 이번 주 학습을 5일(월요일~금요일) 안에 끝마쳤나요?			
2. 등장인물의 마음을 충분히 이해했나요?			
3. 이야기의 흐름을 간단히 요약할 수 있나요?			
4. 서해 바다의 특징을 이야기할 수 있나요?			

1주 5일
학습 끝!

붙임 딱지 붙여요.

전하는 말

2주

강릉의 딸, 겨레의 어머니 신사임당

생각톡톡 이곳은 신사임당이 다섯째 아이를 낳은 곳입니다. 이곳에서 태어난 아이는 어떤 성품을 가지고 있을지 짐작하여 써 보세요.

관련교과

[사회 3–1] 교통수단 및 통신 수단의 발달이 우리 생활에 미치는 영향 알기

[사회 4–1] 우리 지역을 대표하는 문화유산과 역사적 인물에 대해 알기

01 딸부잣집의 소녀 화가

"아이고, 저놈의 닭이! 저리 가! 저리 가라고!"

마당에서 머슴 하나가 갑자기 소리를 질렀어요.

"웬 *소란이냐?"

이씨 부인이 방문을 열고 물었지요.

"아, 글쎄 마님! 저 닭이 아기씨 그림을 쪼아 먹고 있지 뭡니까요?"

머슴의 손에는 인선이 말리려고 마당 한 켠에 펼쳐 놓았던 그림이 들려 있었어요. 붉은 꽈리 밑을 메뚜기 한 마리가 기어가는 그림이었지요.

"저런! 인선이가 무척 속상해하겠구나."

이씨 부인이 그림을 받아 들며 안타까운 듯이 말했어요.

"아기씨 그림 솜씨가 어찌나 좋은지, 닭이 그림 속 메뚜기를 살아 있는 메뚜기로 착각한 모양입니다요."

"메뚜기 몸통에만 구멍이 나 있는 걸 보니 정말 그런 게로구나. 허허허."

* **소란**: 시끄럽고 어수선함.

과학 탐구 **1. 머슴이 들고 있던 인선의 그림에 그려져 있던 것을 두 가지 고르세요.**

( )

① 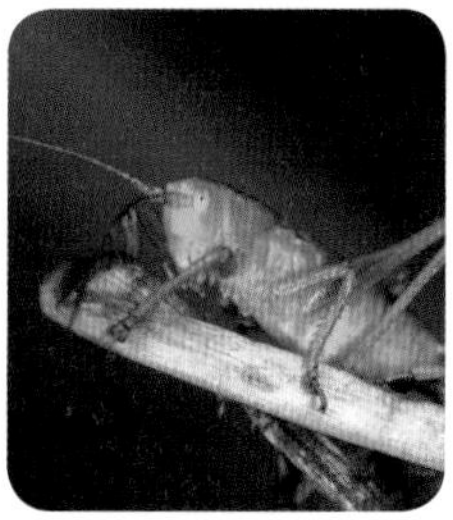
여치

② 
메뚜기

③ 
꽈리

④ 
맨드라미

언어 **2. 머슴은 닭이 그림을 쪼아 먹은 까닭을 무엇이라고 생각하였나요? ( )**

① 닭이 종이를 잘 먹어서
② 닭이 꽈리를 좋아해서
③ 그림 위로 벌레가 기어가서
④ 인선의 그림 솜씨가 좋아서

논술 **3. 인선은 그림을 잘 그려 어머니 이씨 부인을 기쁘게 해 드렸어요. 여러분은 무엇으로 부모님을 기쁘게 해 드릴 수 있을까요? 보기 와 같이 써 보세요.**

보기

나는
애교가 많아요.
부모님이 힘들 때 나만의 애교로
부모님을 기쁘게 해 드린답니다.

딸만 다섯인 이씨 부인에게 둘째 딸 인선은 그림, 글씨, 시, 자수 등 못하는 게 없는 아주 특별한 아이였어요.

이씨 부인이 병든 어머니를 돌보려고 친정에 오랫동안 머물렀기 때문에 인선은 외갓집인 강릉 북평 마을에서 나고 자랐지요. 뒤뜰에 검은 대나무가 우거져, 훗날 사람들은 그 집을 '오죽헌'이라 불렀답니다.

당시에는 남자들만 서당*에 다닐 수 있어서, 인선은 집에서 스스로 그림 그리는 것을 익히고 외할아버지께 글을 배웠어요.

"여자도 남자와 마찬가지로 공부를 게을리해서는 안 되느니라. 하늘 천, 따 지, 검을 현, 누를 황. 무슨 뜻이더냐?"

"하늘은 검고 땅은 누렇다는 뜻입니다."

외할아버지의 깨어 있는 생각과 정성 어린 가르침 덕분에 인선은 서당에서 공부하는 또래 남자아이들보다 훨씬 똑똑했지요.

아버지 신명화도 그림을 좋아하는 인선을 위해 이름난 화가들의 화첩*을 한성*에서 구해다 주었어요.

* **서당**: 글방. 오래전 한문 등을 개인적으로 가르치던 곳.
* **화첩**: 그림을 모아 엮은 책.
* **한성**: 옛날에 서울을 부르던 말.

사회 탐구 1. 오른쪽 그림은 오늘날 강원도의 행정 구역도예요. 다음 중 인선이 나고 자란 북평 마을은 어디에 있었는지 쓰세요.

( )

언어 2. 다음 중 오죽헌이라는 이름이 붙은 까닭과 관계있는 것을 찾아 ◯표를 하세요.

(1)

( )

(2)

( )

논술 3. 조선 시대에는 대부분의 여자아이들이 글을 배우지 못했어요. 남자들만 사회 활동을 할 수 있었기 때문이에요. 사회 활동에 대해 남녀를 차별하는 것에 대해 여러분은 어떻게 생각하는지 써 보세요.

"아버님, 이 그림은 어떤 작품인가요?"

"그 그림이 마음에 드느냐? 현동자가 그린 '몽유도원도'이니라."

"어쩜 이렇게 잘 그렸을까? 나도 이렇게 그릴 수 있었으면……."

현동자는 안견이란 화가의 *호예요. 인선은 '몽유도원도'를 그대로 따라 그려 보았어요. 처음에는 똑같이 그리려 해도 마음대로 되지 않았지요.

'왜 내 그림은 멀리 있는 것과 가까이 있는 것이 구분되지 않을까?'

인선은 마음에 들 때까지 몇 번이고 다시 그렸어요.

어느 날 신명화가 인선이 그린 그림을 보고 깜짝 놀라 말했어요.

"아니, 이게 정말 네 그림이더냐? 안견이 그렸다 해도 믿겠구나."

이처럼 어려서부터 빼어난 솜씨로 주위를 놀라게 했던 소녀 화가 인선은 바로 조선 시대 최고의 여성 예술가인 신사임당이에요.

'사임당'은 열일곱 살 때 인선이 스스로 지은 호이지요. 중국 여성들의 *전기를 엮어 놓은 "열녀전"이란 책을 읽다가 주나라 문왕의 어머니 *태임을 본받겠다는 뜻에서 붙인 것이랍니다.

* **호**: 본명 이외에 쓰는 이름.
* **전기**: 한 사람의 일생 동안의 행적을 적은 기록.
* **태임**: 중국 주나라를 세운 문왕의 어머니. 지혜롭고 슬기로웠던 문왕을 키운 훌륭한 어머니로 알려져 있음.

예체능 1. 다음 중 인선이 따라 그렸던 안견의 작품을 찾아 ◯표를 하세요.

(1)

'몽유도원도'
(　　　　　)

(2)

'인왕제색도'
(　　　　　)

2주 1일 학습 끝!
붙임 딱지 붙여요.

논술 2. 인선은 신사임당의 어릴 적 이름이고, 사임당은 인선이 스스로 지은 호예요. 여러분이 스스로 자기 호를 짓는다면 어떻게 짓고 싶나요? **보기** 와 같이 써 보세요.

보기 (1) 나의 호: 사임당
(2) 그렇게 지은 까닭: 태임을 본받겠다는 뜻에서

(1) 나의 호: ....

(2) 그렇게 지은 까닭: ....

....

....

2주

02 꽃처럼 어여쁜 신부

"신랑감이 대체 누구래? 한성 사람이라던데……."

"덕수 이씨 집안 사람인데, 집안만큼이나 인물이랑 성품이 좋다는구먼."

"이 댁 작은 아기씨 소문이 한성까지 났다더니 참말인가 보네."

"아기씨만한 규수가 또 어디 있으려고. 신랑이 복이 많은 거지."

지글지글 전 부치는 소리와 함께 잔치를 준비하러 온 동네 아낙들의 이야기 소리가 담장을 타고 넘었어요. 오늘이 바로 열아홉, 꽃다운 나이의 신사임당이 혼례*를 치르는 날이거든요.

신사임당의 신랑감은 이순신 장군의 먼 친척인 이원수란 사람이었어요. 어려서 아버지를 여의고 홀어머니를 모시고 살아 살림이 그리 넉넉하지는 않았지만 아주 착실한 청년이었지요.

신명화가 한성 친구 집에 갔다가 우연히 이원수를 보고, 넉넉한 성품과 성실한 모습이 마음에 들어 신사임당의 짝으로 맺어 준 것이랍니다. 당시에는 부모가 정해 준 대로 얼굴도 모른 채 혼례를 치렀지요.

* **혼례**: 부부 관계를 맺는 서약을 하는 의식. 결혼식.

사회 탐구 **1. 관혼상제의 네 가지 의식 가운데 오늘은 신사임당이 어떤 의식을 치르는 날인가요?**

( )

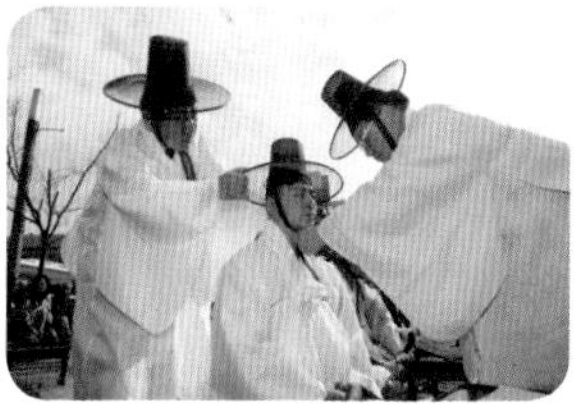

① 관례

② 혼례

③ 상례

④ 제례

언어 **2. 신사임당의 신랑감인 이원수에 대한 설명으로 알맞지 않은 것에 ╳표를 하세요.**

(1) 한성에서 산다. ( )

(2) 살림이 부유하고 넉넉하다. ( )

(3) 아버님이 일찍 돌아가셔서 홀어머니를 모시고 있다. ( )

(4) 덕수 이씨 집안 사람으로, 이순신 장군과는 먼 친척이다. ( )

논술 **3. 조선 시대에는 얼굴도 모른 채 부모가 정해 주는 사람과 결혼을 했어요. 그것에 대해 여러분은 어떻게 생각하는지 자기 의견을 써 보세요.**

드디어 신랑이 말을 타고 신붓집에 도착하였어요. 신랑이 가지고 온 나무 기러기를 이씨 부인께 드리는 것으로 혼례가 시작되었지요.

신부와 신랑은 *초례청에서 처음으로 얼굴을 마주했어요. *원삼을 입은 신부는 머리에 족두리를 하고, 얼굴에 연지 곤지를 찍은 아리따운 모습이었어요. 머리에 사모를 쓰고 관대를 입은 신랑 역시 믿음직스러워 보였지요.

서로 맞절하고 수줍은 듯 술잔을 주고받는 신랑 신부의 모습을 보며 동네 사람들은 저마다 한마디씩 했어요.

"신부가 한 송이 꽃처럼 곱구먼."

"신랑도 아주 잘생겼네그려."

"*천생연분일세, 천생연분. 허허허."

"그러게 말일세. 하하하."

왁자지껄한 웃음소리와 함께 무사히 혼례가 끝났어요. 이제 신사임당은 사흘 정도 친정에 머문 뒤 이원수와 함께 시댁으로 가야 했지요.

* **초례청**: 전통 혼례식을 치르는 장소.
* **원삼**: 비단이나 명주로 지은 옷으로 주로 신부나 궁중의 여자들이 입음.
* **천생연분**: 하늘이 정하여 준 인연.

사회 탐구 1. 전통 혼례를 치르는 과정에 맞게 (   ) 안에 번호를 쓰세요.

① 신랑은 말을, 신부는 가마를 타고 신랑 집으로 간다.
② 신랑이 신붓집으로 와서 나무 기러기를 신부 어머니께 드린다.
③ 혼례를 치른 후 신랑과 신부가 신부의 집에서 며칠 동안 머문다.
④ 신랑과 신부가 맞절을 하고 술을 주고받으며 결혼했음을 알린다.

(   ) → (   ) → (③) → (①)

사회 탐구 2. 다음은 전통 혼례 때 신랑과 신부의 옷차림입니다. 빈칸에 들어갈 알맞은 말을 이 글에서 찾아 각각 쓰세요.

(1) [   ]
조선 시대 벼슬아치들이 관복을 입을 때 쓴 모자.

관대
조선 시대에 벼슬아치들이 입던 관복.

(2) [   ]
조선 시대 여자들이 예복에 갖추어 쓰던 관.

원삼
조선 시대 여자들의 전통 예복.

논술 3. 전통 혼례에서 신랑이 신부의 어머니에게 나무 기러기를 주는 이유는 다음과 같습니다. 여러분은 나무 기러기 대신 어떤 물건이 이와 같은 의미를 가질 수 있다고 생각하는지 그 이유와 함께 써 보세요.

기러기는 한 번 인연을 맺은 짝과 평생을 함께하는 동물입니다. 그래서 신랑이 신부와 평생 동안 사이좋게 살겠다는 뜻으로 나무 기러기를 신부의 어머니께 드렸습니다.

▲ 나무 기러기

(1) 알맞은 물건:

(2) 그렇게 생각한 이유:

신명화와 이씨 부인은 신사임당과 헤어져 살아야 한다는 사실이 너무나 가슴 아팠어요. 혼례를 치른 지 사흘째 되던 날, 신명화는 고민 끝에 사위를 불러 놓고 조심스럽게 말을 꺼냈지요.

"이보게……, 자네에게 부탁이 한 가지 있네만……."

"말씀해 보십시오, 장인어른."

"내게 딸이 여럿 있네만 자네 처만큼 믿고 의지했던 자식은 없다네. *염치없네만 그 아일 좀 더 우리 곁에 두면 안 되겠는가?"

이원수는 홀어머니 생각에 잠시 머뭇거렸어요.

'한성에 계신 어머님도 부인이 많이 보고 싶으실 텐데, 이를 어쩐다?'

그러나 곧 대답을 하였지요.

"장인어른 뜻대로 하십시오. 아마 저희 어머님께서도 자식을 좀 더 곁에 두고 싶은 두 분의 마음을 이해해 주실 것입니다."

이렇게 해서 신사임당은 석 달 후 신명화가 세상을 떠나고 *삼년상을 치를 때까지 강릉에 머물렀답니다.

* **염치없다**: 체면을 차릴 줄 알고 부끄러워하는 마음이 없다.
* **삼년상**: 부모님이 돌아가셨을 때 삼 년 동안 슬퍼하면서 몸가짐을 조심하는 일.

언어 **1. 신명화가 이원수에게 부탁한 것은 무엇인가요? (   )**

① 신사임당을 한성에 데려가지 말라는 것
② 신사임당과 좀 더 같이 있게 해 달라는 것
③ 신사임당을 하루라도 빨리 한성으로 데려가라는 것
④ 신사임당을 한성에 데려가면 다시는 오지 말라는 것

사회 탐구 **2. 옛날과 오늘날의 결혼식 모습의 차이점을 생각하며 빈칸에 알맞은 내용을 쓰세요.**

기준	옛날	오늘날
장소	(1)	예식장이나 종교 시설 등
복장	(2) • 신랑: • 신부:	• 신랑: 양복이나 턱시도 • 신부: 웨딩드레스
신혼여행	(3)	있다

2주 2일 학습 끝!
붙임 딱지 붙여요.

논술 **3. 내가 이원수라면 신명화의 부탁을 듣고 어떻게 했을지 보기 와 같이 그 까닭과 함께 써 보세요.**

보기 (1) 내가 이원수라면 부탁을 거절하고 대신 자주 찾아오겠다고 약속했을 것이다.
(2) 왜냐하면 어머니를 홀로 계시게 하는 것 또한 불효이기 때문이다.

(1) 내가 이원수라면 ....

(2) 왜냐하면 ....

....

....

2주

03 예사롭지 않은 두 번의 태몽

신사임당이 서른세 살이 되던 해였어요. 스물한 살에 강릉을 떠나 시댁으로 왔으니 친정을 떠난 지 십 년이 훌쩍 지난 뒤였지요.

어여쁜 새색시는 어느덧 두 딸과 두 아들을 둔 어머니가 되었답니다.

'자식을 키워 봐야 부모 마음을 안다더니……. 강릉에 계신 어머님은 지금쯤 얼마나 적적하실까?'

신사임당은 자식을 낳아 기를수록 강릉에 홀로 계신 친정어머니 생각에 시름이 깊어졌어요. 시어머니 홍씨 부인도 그런 신사임당의 마음을 알고 늘 안타깝게 생각했지요.

그러던 어느 봄날이었어요. 신사임당은 꿈속에서 홀로 동해 바닷가를 거닐고 있었지요. 그런데 갑자기 바닷속에서 *휘황찬란한 빛과 함께 아리따운 선녀 하나가 나타났어요. 선녀의 품에는 살결이 *백옥같이 고운 사내아이가 안겨 있었지요. 선녀는 그 아이를 신사임당의 품에 안겨 주며 말하였어요.

"이 아이를 잘 키우세요. 장차 훌륭한 인물이 될 것입니다."

신사임당은 얼결에 아이를 받아 들고는 화들짝 잠에서 깨어났어요.

* **휘황찬란하다**: 아름다운 빛이 나서 눈부시게 번쩍이다.
* **백옥**: 빛깔이 하얀 옥.

사회 탐구 **1. 다음 중 신사임당의 꿈에 나타난 마을의 그림지도로 알맞은 것은 무엇인가요?**

( )

① 
산촌

② 
어촌

③ 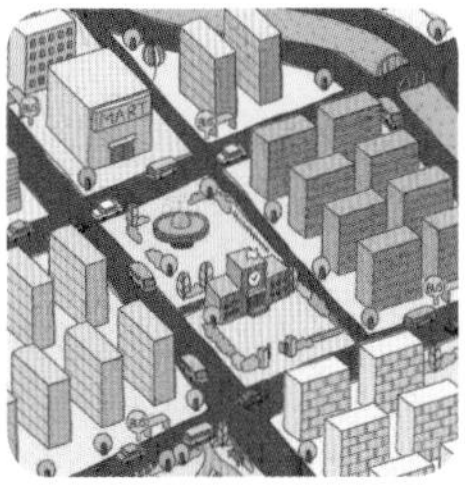
도시

④ 
농촌

언어 **2. 이 글에서 신사임당이 실제로 한 일이 아닌 것은 무엇인가요? ( )**

① 두 딸과 두 아들을 낳았다.
② 강릉을 떠나 시댁으로 왔다.
③ 친정어머니 생각을 많이 했다.
④ 동해 바닷가를 거닐다가 사내아이를 품에 안았다.

논술 **3. 신사임당이 꾼 꿈에는 어떤 뜻이 담겨 있을까요? 꿈풀이를 자유롭게 해 보세요.**

- 휘황찬란한 빛과 함께 아리따운 선녀가 나타났다.
- 선녀가 백옥같이 고운 사내아이를 신사임당의 품에 안겨 주었다.

(1) 이 꿈은 ....

(2) 왜냐하면 ....

신사임당은 꿈이 하도 생생해 시어머니인 홍씨 부인에게 그 이야기를 들려주었어요. 신사임당의 말을 듣고 홍씨 부인은 기뻐하며 말하였지요.

"네가 태몽*을 꾸었구나. 꿈 내용이 예사롭지 않은 걸 보니 아무래도 큰 인물이 태어날 모양이야. 혹시 모르니 각별히 몸조심하거라."

얼마 후, 신사임당의 몸에 정말 태기*가 있었어요. 그러자 홍씨 부인이 신사임당을 불러 말하였어요.

"아가, 내 걱정은 말고 친정어머니도 보살펴 드릴 겸 이번에는 강릉에 가서 아이를 낳고 좀 쉬었다 오너라."

"어머님, 정말 감사합니다."

신사임당은 시어머니의 배려에 감사하며 남편과 함께 아이들을 데리고 친정으로 갔어요. 그곳에서 음식도 가려 먹고, 몸가짐도 바르게 하는 등 태교*에 힘썼지요.

그해 12월 26일, 신사임당은 다시 꿈을 꾸었어요. 동해에서 솟아오른 검은 용이 신사임당이 자는 방문 앞으로 날아오는 꿈이었지요.

* **태몽**: 아이를 밸 것이라고 알려 주는 꿈. * **태기**: 아이를 밴 기미.
* **태교**: 아이를 밴 여자가 태아에게 좋은 영향을 주기 위하여 마음과 행동을 바르게 하는 일.

사회 탐구 **1. 다음 중 신사임당이 살던 시대에 볼 수 없던 것은 무엇인가요? (　　　　)**

① 사당

② 기와집

③ 아파트

④ 초가집

언어 **2. 다음 단어를 보고 알 수 있는 사실은 무엇인가요? (　　　　)**

태몽, 태기, 태교

① 신사임당이 꿈을 꾸었다.
② 신사임당이 아기를 가졌다.
③ 신사임당이 아기를 좋아한다.
④ 신사임당의 남편이 높은 벼슬에 올랐다.

논술 **3. 여러분의 태몽은 무엇이었는지 부모님께 여쭈어 보고, 보기 와 같이 쓰고 그림도 그려 보세요.**

보기 나의 태몽은 엄마 배 속으로 황금색 용이 들어오는 꿈이었다.

나의 태몽은 ....

....

....

....

신사임당이 잠에서 깨어나자 곧 *진통이 시작되었어요. 얼마의 시간이 흐르고 날이 밝을 무렵 신사임당은 건강한 사내아이를 낳았지요.

"꿈에 검은 용을 보았다고 하니, '뵈올 현(見)'과 '용 룡(龍)' 자를 써서 이름을 현룡이라 지읍시다. 이 아이는 틀림없이 아주 큰 인물이 될 거요."

아이 이름을 짓는 이원수의 얼굴에서 웃음이 떠나지 않았어요.

신사임당이 용꿈을 꾸고 현룡을 낳았던 방은 '몽룡실'이라 하여 지금도 강릉 오죽헌에 남아 있답니다.

남달리 영특하였던 현룡은 세 살 때부터 글을 읽고 시를 읊더니, 열세 살이란 어린 나이에 *과거를 보아 어려운 진사 시험에 합격하였어요.

이 아이가 바로 왜군이 쳐들어올 것을 미리 알고 10만 명의 군사를 훈련시켜야 한다고 주장했던 율곡 이이랍니다. 현룡은 어릴 적 이름이고, 율곡은 아버지의 고향인 파주 율곡리의 경치에 반해 지은 호이지요. 이이가 조선을 대표하는 학자이자 정치가로 성장할 수 있었던 것은 모두 신사임당의 현명하면서도 인자한 가르침 덕분이었습니다.

* **진통**: 아기를 낳을 때 짧은 간격을 두고 주기적으로 반복되는 배의 통증.
* **과거**: 우리나라와 중국에서 관리를 뽑을 때 실시하던 시험.

언어 1. 다음 오죽헌의 건물 중 이이가 태어난 곳에 ◯표를 하세요.

(1)

몽룡실 (   )

(2)

어제각 (   )

2주 3일
학습 끝!
붙임 딱지 붙여요.

사회 탐구 2. 이이에 대한 설명으로 알맞지 않은 것은 무엇인가요? (   )

① 어릴 적 이름은 율곡이고 호는 현룡이다.
② 조선 시대를 대표하는 학자이자 정치가이다.
③ 어머니는 신사임당이고, 아버지는 이원수이다.
④ 왜구의 침략을 막기 위해 10만 명의 군사를 길러야 한다고 주장하였다.

논술 3. 이원수는 다섯째 아이의 이름을 꿈에 검은 용을 보았다고 해서 '현룡'이라고 지었어요. 여러분의 이름에는 어떤 뜻이 담겨 있나요? 자기 이름을 쓰고 그 뜻을 써 보세요. 이름이 한자로 이루어져 있다면 한자로도 써 보세요.

(1) 내 이름: ....

(한자: ....)

(2) 뜻: ....

....

04 대관령 고갯마루에 서서

신사임당이 친정에 온 지 어느덧 6년이란 세월이 흘렀어요. 여섯 살이 된 현룡 밑으로 세 살 난 딸이 하나 더 있었는데, 신사임당은 그 아이를 낳고 몸이 약해져 오랫동안 자리에 누워 있어야 했지요. 그래서 강릉에 머무르는 시간이 계획보다 길어졌던 거예요.

그 무렵 신사임당은 많은 그림을 그렸어요.

"아니, 저것 좀 봐. 작은 생쥐 두 마리가 수박을 먹고 있네."

신사임당은 우연히 생쥐 두 마리가 *앙증맞은 이빨로 수박을 사각사각 갉아 먹고 있는 모습을 보았어요.

"저 모습을 그림으로 옮겨 볼까?"

그러고는 종이를 펼쳐 그림을 그리기 시작했어요. 그렇게 해서 완성된 그림이 신사임당의 '초충도(草蟲圖)' 중에서 가장 뛰어나다고 평가받는 '수박과 들쥐'예요.

'초충도'란 풀과 벌레를 사실적으로 그린 그림을 말하는데, 신사임당은 특히 풀과 벌레, 포도, 꽃과 나비, 매화, 난초 등을 많이 그렸답니다.

* **앙증맞다**: 작으면서도 갖출 것은 다 갖추어 아주 깜찍하다.

언어 **1. 신사임당이 한성 시댁으로 돌아가는 것이 계획보다 늦어진 까닭은 무엇인가요?**
( )

① 남편 이원수의 건강이 나빠져서
② 친정어머니가 혼자 있고 싶지 않다고 해서
③ 막내딸을 낳고 신사임당의 건강이 나빠져서
④ 신사임당이 강릉에서 그림 그리는 것을 좋아해서

사회 탐구 **2. 다음 중 신사임당이 그린 '수박과 들쥐'라는 작품은 어느 것인가요? ( )**

①

②

③

④

예체능 **3. 다음은 신사임당이 그린 '가지와 방아깨비'라는 초충도예요. 신사임당이 이 그림을 그릴 때 어떤 마음이었을지 상상해 보세요.**

신사임당이 강릉에 머무르는 동안 이원수는 한성과 강릉을 오가며 생활했어요. 하루는 이원수가 근심스러운 표정으로 신사임당에게 말했지요.

"부인, 한성에 계신 어머님도 이제는 연세*가 많으셔서 건강이 예전 같지 않으시오. 어찌하면 좋겠소?"

"제가 오랫동안 모시지 못한 탓입니다. 이제라도 한성으로 올라가 어머님을 편히 쉬게 해 드려야지요."

신사임당은 홀로 계실 친정어머니 생각에 마음이 무거웠지만, 나이 드신 시어머니를 위해 한성으로 돌아가야 했어요.

드디어 신사임당이 강릉을 떠나야 할 때가 되었지요.

'이제 가면 언제 또 어머니를 뵈올지…….'

이씨 부인께 작별 인사를 올리는 신사임당의 두 눈에 눈물이 맺혔어요. 이씨 부인도 가만히 눈물을 훔쳤지요.

신사임당은 차오르는 슬픔을 겨우 누르며 가마에 올랐어요.

* **연세**: '나이'의 높임말.

언어 1. 신사임당이 한성으로 돌아가려고 결심한 까닭은 무엇인가요? (   )

① 친정어머니가 돌아가셔서
② 시어머니 건강이 예전 같지 않아서
③ 시어머니가 한성에 오지 않는다고 화를 내서
④ 이원수가 한성과 강릉을 오가는 것이 너무 힘들다고 해서

사회 탐구 2. 신사임당이 한성으로 갈 때 이용한 교통수단으로 알맞은 것을 찾아 ○표를 하세요.

(1) 말 (   )

(2) 가마 (   )

(3) 인력거 (   )

논술 3. 신사임당은 강릉을 떠나면서 친정어머니께 어떻게 작별 인사를 했을지 여러분이 직접 써 보세요.

대관령 아흔아홉 굽이를 넘으려면 서둘러야 했어요. 대관령 *고갯마루에 다다랐을 때, 신사임당이 가마꾼들에게 말했어요.

"여보게, 여기서 잠시 쉬었다 가세."

가마에서 내린 신사임당은 고갯마루에 서서 친정이 있는 북평 마을 쪽을 바라보며 친정어머니를 향한 *애달픈 마음을 시로 지었어요.

대관령 넘으며 친정을 바라보다

늙으신 어머님을 고향에 두고
외로이 한성으로 떠나는 이 마음
돌아보니 북평은 아득도 한데
흰 구름만 저문 산을 날아다니네.

신사임당이 강릉을 떠난 것은 서른여덟 살 때였어요. 하지만 마흔여덟 살로 세상을 떠날 때까지 다시는 친정어머니를 만나지 못했답니다.

* **고갯마루**: 고개에서 가장 높은 자리.
* **애달프다**: 마음이 안타깝거나 쓰라리다.

언어 1. 옛날에는 강릉에서 한성으로 가려면 아흔아홉 굽이의 험한 고갯길을 넘어야 했어요. 그 고갯길의 이름은 무엇인가요? (　　　　)

① 
대관령

② 
미시령

③ 
한계령

④ 
진부령

언어 2. 신사임당이 한성으로 가던 중에 지은 시에는 누구를 향한 애달픈 마음이 담겨 있나요? (　　　　)

① 
남편

② 
자매들

③ 
친정어머니

④ 
외할아버지

2주 4일 학습 끝!

붙임 딱지 붙여요.

논술 3. 보기 와 같이 여러분의 상황에 맞게 신사임당의 시를 바꾸어 써 보세요.

보기

잠이 덜 깬 부스스한 동생을 집에 두고
외로이 학교로 향하는 이 마음
돌아보니 아파트는 높기도 한데
베란다에서 동생이 손을 흔드네.

2주

05 되돌아봐요

1 신사임당은 다섯 자매 중 몇 째였나요? (　　　　)

① 
첫째

② 
둘째

③ 
셋째

④ 
넷째

⑤ 
다섯째

2 다음 설명에 해당하는 인물을 찾아 줄로 이으세요.

(1) 덕수 이씨 집안 사람으로, 신사임당이 결혼한 뒤에도 친정에 머물게 도와줌. •

(2) 어린 신사임당에게 유명한 화가의 화첩을 한성에서 구해다 줌. •

(3) 예사롭지 않은 두 번의 태몽을 꾸고 낳은 신사임당의 아들로, 세 살 때부터 글을 읽고 시를 읊더니, 열세 살 때 진사 시험에 합격함. •

(4) 깨어 있는 생각으로 여자인 신사임당과 자매들에게 글을 가르침. •

• ㉠ 
신사임당 아버지

• ㉡ 
신사임당 외할아버지

• ㉢ 
이원수

• ㉣ 
율곡 이이

3 신사임당의 일생을 생각하며 일이 일어난 순서대로 기호를 나열해 보세요.

① 
외갓집인 강릉 북평 마을에서 태어남.

② 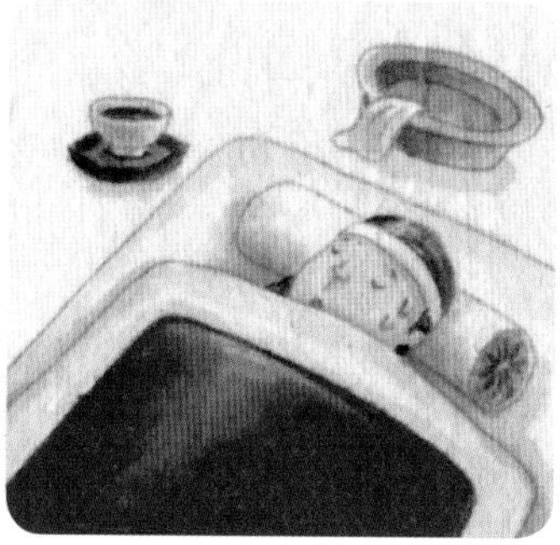
여섯째를 낳고 몸이 약해짐.

③ 
아버지의 삼년상을 치르고 시댁으로 옴.

④ 
마흔여덟 살로 세상을 떠남.

⑤ 
사임당이라는 호를 스스로 지음.

⑥ 
덕수 이씨 집안의 이원수와 결혼함.

(　　　)→(　　　)→(　　　)→(　　　)→(　　　)→(　　　)

4 다음은 어디에 대한 설명인지 보기 에서 그 장소를 찾아 쓰세요.

보기	한성, 강릉, 대관령

(1) 신사임당의 아버지 신명화가 이원수를 만난 곳입니다. (　　　　　)

(2) 신사임당이 현룡을 낳고 6년 동안 머무르며 그림을 그린 곳입니다. (　　　　　)

(3) 신사임당이 어머니를 홀로 남겨 두고 강릉을 떠날 때 어머니를 향한 애달픈 마음을 담아 시를 지은 곳입니다. (　　　　　)

5 이 글을 읽고 신사임당에 대해 알게 된 점을 한 문장으로 써 보세요.

강릉을 대표하는 문화재, 강릉 오죽헌

신사임당과 이이가 태어난 강릉 오죽헌은 강릉을 대표하는 문화재 중 하나예요. 이이가 그려져 있는 오천 원짜리 지폐 앞면에도 강릉 오죽헌의 모습이 그려져 있지요. 강릉 오죽헌은 과연 어떤 곳인지 그 비밀을 파헤쳐 보아요.

비밀 하나. 강릉 오죽헌에 부엌이 없는 까닭은?

▲ 강릉 오죽헌

강릉 오죽헌은 지금으로부터 약 600년 전에 지어진 집이에요. 조선 시대 양반집의 건축 양식을 잘 간직하고 있어서 1963년 보물 제165호로 지정되었어요. 그런데 신기하게도 강릉 오죽헌에는 부엌이 없어요. 큰 마루인 대청도 있고 몽룡이 태어난 방인 몽룡실도 있는데 왜 부엌이 없을까요? 그 이유는 강릉 오죽헌이 시집간 딸이 사위와 함께 머물게 하려고 지은 별당이기 때문이에요. 밥은 안채로 가서 먹으니 굳이 부엌이 필요 없었던 거예요.

비밀 둘. 오죽헌이란 이름이 붙은 까닭은?

강릉 오죽헌을 지은 건 최치운이란 사람이에요. 최치운은 조선 시대에 강릉 지역을 중심으로 충(忠)·효(孝)·예(禮)를 실천했던 이름난 학자였지요.

▲ 강릉 오죽헌의 검은 대나무

최치운은 이후 아들 최응현에게, 최응현은 사위 이사온에게, 이사온은 사위인 신명화에게 강릉 오죽헌을 물려주었어요. 신명화는 다시 넷째 사위인 권화에게, 그리고 권화는 아들 권처균에게 물려주었지요. 그런데 권처균이 집 주변에 검은 대나무가 무성한 것을 보고 자신의 호를 오죽헌이라고 지었는데, 이것이 훗날 집 이름이 되었답니다.

비밀 셋. 어제각과 문성사 등이 세워진 까닭은?

오늘날 강릉 오죽헌에는 신사임당과 이이를 기념하려고 후대 사람들이 세운 건물들이 몇 개 있어요. 어제각, 문성사, 율곡 기념관 등이 그것들이지요.

▲ 어제각

어제각

왕의 명령에 따라 지어진 누각이에요. 1788년 정조는 오죽헌에 이이가 쓴 어린이용 학습서인 "격몽요결"의 원본과 이이가 어려서부터 쓰던 벼루가 있다는 말을 듣게 됐어요. 정조는 강원도 관찰사에게 그것을 가져오게 한 뒤, "격몽요결"에는 머리말을 지어 붙이고, 벼루 뒷면에는 이이를 기리는 시와 '어제어필(임금이 직접 짓고 썼다는 뜻)'이라는 말을 새겼답니다. 그런 다음, 어제각을 지어 그것을 보관하게 하였지요. 현재 "격몽요결"과 이이의 벼루는 모두 오죽헌 시립 박물관에 보관되어 있어요.

문성사와 율곡 기념관

문성사는 이이의 영정을 모신 사당이에요. '문성'은 이이가 죽은 뒤 이이의 공덕을 기리기 위해 붙인 이름인 시호예요. 원래는 문성사 자리에 어제각이 있었으나, 어제각을 북쪽으로 옮기고 문성사를 세웠답니다.

또한 율곡 기념관에는 이이의 글씨와 신사임당의 초충도, 율곡의 누이인 매창(신사임당의 첫째 딸로, 작은 신사임당이라 불림.)의 매화도, 율곡의 동생인 오산의 붓글씨와 병풍 등이 전시되어 있답니다.

▲ 문성사

우리 고장을 대표하는 문화재를 조사하여 빈칸에 보기 와 같이 써 보세요.

보기 (1) 우리 고장: 강원도 강릉시
(2) 대표적인 문화재: 강릉 오죽헌, 강릉 경포대, 강릉 선교장 등

(1) 우리 고장: ....

(2) 대표적인 문화재: ....

신사임당을 소개해요!

강릉 경포대에 가면 신사임당상이 있어요. 거기에 강릉의 자랑스러운 인물인 신사임당을 소개하는 글귀를 써넣는다면 어떤 내용을 쓰는 게 좋을지 여러분이 직접 써 보세요.

확인할 내용	잘함	보통임	부족함
1. 이번 주 학습을 5일(월요일~금요일) 안에 끝마쳤나요?			
2. 신사임당을 다른 사람에게 소개할 수 있나요?			
3. 옛날과 오늘날의 집과 옷, 문화의 차이를 이해했나요?			
4. 신사임당과 관련한 문화재들을 주의 깊게 살펴봤나요?			

2 신사임당상 아래에 신사임당의 작품도 새기려고 합니다. 어떤 그림을 넣어야 신사임당의 솜씨를 잘 드러낼 수 있을까요? 여러분이 직접 신사임당의 그림을 그려 보세요.

2주 5일 학습 끝!

붙임 딱지 붙여요

전하는 말

3주

우리나라 풀꽃 이야기

생각톡톡 이 사진은 '강아지풀'이라는 이름을 가진 풀꽃입니다. 강아지풀이라는 이름이 왜 붙었을지 써 보세요.

관련교과

[국어 4-1] 사실과 의견을 구분하여 글 읽기 / 이야기 흐름을 파악하며 이어질 내용 상상하기

[과학 4-1] 씨에서 열매를 맺기까지 식물의 한살이 알기 /씨가 싹 트는 데 필요한 조건 알기

3주

01 기다림 끝에 핀 비비추

한여름에 산속 그늘진 곳에 가면 연한 자줏빛의 꽃을 볼 수 있어요. 바로 '비비추'라는 풀꽃이지요. 옥잠화와 비슷해 헛갈리기도 하지만 비비추는 옥잠화보다 꽃이 작아서 조금만 주의를 기울이면 쉽게 구별할 수 있어요.

비비추는 산속의 냇가같이 습기가 많은 곳에서 자라는 *여러해살이풀이에요. '비비추'라는 이름은 풀의 어린잎을 먹을 때 잎에서 거품이 나올 때까지 손으로 비벼서 먹는다고 하여 붙여진 것이지요.

비비추잎은 뿌리에서 무더기로 돋아 비스듬히 자라며 달걀 모양이에요. *잎자루는 길고 잎에는 여덟아홉 개 정도의 잎맥이 있지요. 7~8월이 되면 30~40센티미터 정도 자란 꽃줄기에 여러 송이의 꽃들이 한쪽으로 치우쳐서 피어요. 꽃잎은 끝이 여섯 개로 갈라지며, 꽃 색깔은 대개 연한 자주색이에요. 간혹 흰색도 있는데, 흰색 비비추는 '흰비비추'라고 구별해서 부르지요.

우리나라가 *원산지인 비비추는 대부분 보고 즐기기 위해서 키워요. 하지만 어린잎은 쓴맛이 거의 없어서 나물로 무쳐 먹기도 한답니다.

* **여러해살이풀**: 겨울에는 땅 위의 부분이 죽어도 봄이 되면 다시 움이 돋아나는 풀.
* **잎자루**: 잎몸을 줄기나 가지에 붙게 하는 꼭지 부분.
* **원산지**: 동식물이 맨 처음 자란 곳.

과학 탐구 **1. 다음은 잎의 구조입니다. ㉠과 ㉡을 각각 무엇이라고 부르는지 이 글에서 찾아 (   ) 안에 쓰세요.**

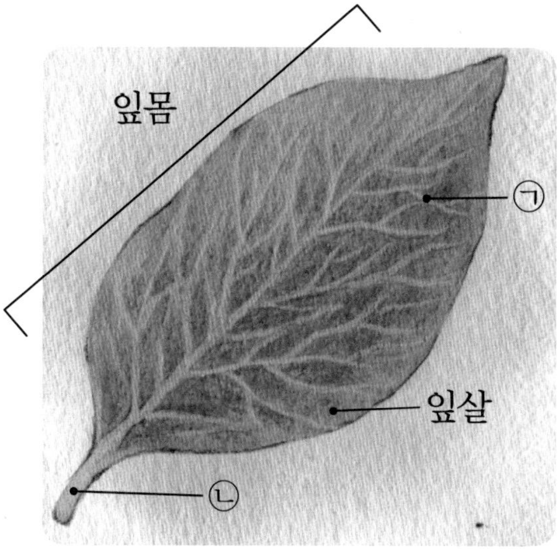

(1) ㉠: (   )

(2) ㉡: (   )

과학 탐구 **2. 비비추에 대한 설명으로 알맞지 <u>않은</u> 것은 어느 것인가요? (   )**

① 잎이 줄기에서 무더기로 돋는다.

② 한여름인 7~8월이 되면 꽃이 핀다.

③ 여러 해 동안 꽃이 피고 지는 풀꽃이다.

④ 산속의 냇가같이 습기가 많은 곳에서 잘 자란다.

논술 **3. 여러분은 비비추에 어떤 이름을 붙여 주고 싶나요? 비비추의 생김새와 특징에 어울리는 이름을 짓고 그렇게 지은 까닭도 함께 써 보세요.**

(1) 비비추에 어울리는 다른 이름:

(2) 그렇게 지은 까닭:

비비추에는 아름다운 옛이야기가 전해 오고 있어요.

신라 시대 어느 마을에 설녀라는 아름다운 처녀가 홀아버지를 모시고 살고 있었어요. 그런데 어느 날 설녀의 아버지가 변방*을 지키는 군인으로 가게 되었지요. 설녀는 마음이 아파서 몇 날 며칠을 울었어요. 그러자 설녀를 사랑한 한 청년이 설녀의 아버지 대신 자신이 변방으로 가겠다고 나섰답니다. 크게 감동한 설녀는 훗날 청년이 돌아오면 그와 결혼하겠다고 약속했어요.

그런데 청년은 여섯 해가 지나도록 돌아오지 않았어요. 기다리다 못한 설녀 아버지는 딸을 다른 곳으로 시집보내려고 했지요. 하지만 설녀는 아버지의 뜻을 거역하면서까지 꿋꿋이 청년을 기다렸답니다.

그 사이, 마당에 연한 자줏빛의 비비추꽃이 피어났어요. 그윽한 향기를 머금은 비비추꽃은 다음 해에도, 그다음 해에도 피어 설녀의 마음을 달래 주었지요. 설녀는 피고 지는 비비추꽃을 보며 청년을 기다렸어요.

시간이 흐르고 흘러, 마침내 청년이 마을로 돌아왔어요. 설녀는 뛸 듯이 기뻐하며 청년과 결혼했답니다. 비비추, 사랑을 지켜 준 아름다운 꽃이지요?

* **변방**: 중심지에서 멀리 떨어진 가장자리 지역.

과학 탐구 1. 대부분의 꽃은 다음과 같이 꽃받침, 꽃잎, 암술, 수술로 이루어져 있습니다. 그중에서 비비추꽃에 없는 것을 한 가지 써 보세요.

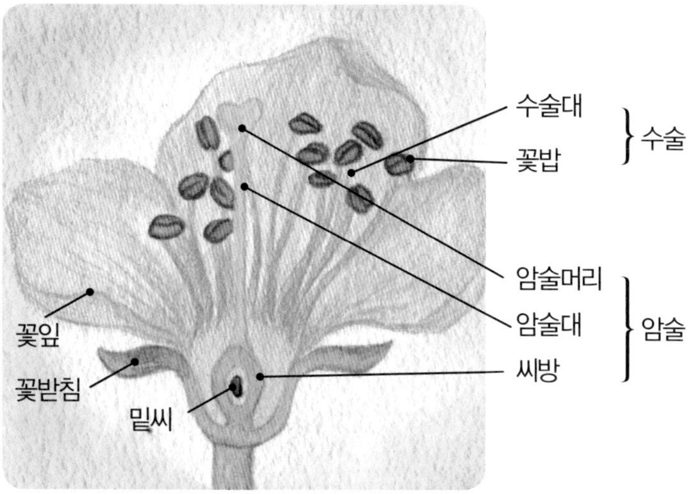

일반적인 꽃 구조

비비추꽃

(　　　　　　　　)

언어 2. 이 이야기를 통해 비비추의 꽃말을 짐작해 본다면, 가장 적절한 것은 무엇일까요?

(　　　)

① 질투　　② 겸손　　③ 수줍음　　④ 좋은 소식

논술 3. 비비추에 전해 내려오는 옛이야기를 다음에 맞게 정리해 보세요.

(1) 누가: 설녀가

(2) 언제:

(3) 어디서:

(4) 무엇을:

(5) 어떻게 하다:

(6) 왜:

3주

01 작고 예쁜 꽃마리

화창한 봄날, 혹시 길가나 들판, 혹은 개울가의 습기 찬 곳에서 아주 작은 꽃을 본 적이 있나요? 꽃잎 지름이 2~3밀리미터 정도밖에 되지 않아 그냥 지나쳤을지도 몰라요. 하지만 이 꽃은 너무나 아름답고 사랑스러운 '꽃마리'랍니다.

이름도 참 예쁘지요? 이 예쁜 이름 '꽃마리'는 꽃대의 윗부분이 돌돌 말려 있어서 붙여진 거예요. '꽃이 말리다'라는 말에서 *유래된 것이지요.

꽃마리의 잎은 줄기에서 나는 것도 있고 뿌리에서 나는 것도 있어요. 줄기에서 나온 잎은 잎자루 없이 한 장씩 *어긋나고 긴 달걀 모양이에요. 반면 뿌리에서 나온 잎은 긴 잎자루가 있고 달걀 모양이며 뭉쳐서 나지요.

꽃은 옅은 하늘색으로 4~7월에 펴요. 꽃줄기에는 여러 개의 꽃봉오리가 맺히는데, 각각의 꽃들은 돌돌 말려 있던 꽃잎이 풀리면서 아래쪽부터 피어난답니다. 손톱보다 작은 꽃이지요. 다섯 개로 갈라진 꽃받침 위에 자리 잡은 꽃마리는 바라보기도 아까울 정도로 몹시 사랑스러워요.

* **유래**: 사물이나 일이 생겨남.
* **어긋나다**: 식물의 잎이 마디마디 방향을 달리하여 하나씩 나는 것.

언어 **1. '꽃마리'라는 이름은 무엇에서 비롯된 것인가요? (　　　　)**

① 꽃잎의 색깔　② 꽃대의 모습
③ 꽃에 얽힌 전설　④ 잎이 나는 장소

과학 탐구 **2. 식물의 잎은 줄기에 달린 형태에 따라서 다음과 같이 구분할 수 있습니다. 다음 표를 잘 보고, 꽃마리의 잎 중 줄기에서 나는 것은 어디에 속하는지 쓰세요.**

잎의 구분	특징
마주나기	줄기에 잎이 두 장씩 마주보면서 난다.
어긋나기	줄기에 잎이 한 장씩 어긋나게 붙어 난다.
돌려나기	줄기에 잎이 세 장 이상 돌려난다.
무리지어나기	여러 개의 잎이 줄기나 뿌리 주변에 무리 지어 난다.

(　　　　　　　　)

▲ 마주나기 잎

▲ 어긋나기 잎

3주 1일 학습 끝!
붙임 딱지 붙여요.

논술 **3. 화창한 봄날, 길을 가다가 꽃마리와 같은 아주 작은 꽃을 보게 된다면 어떤 말을 해 주고 싶나요? 여러분이 꽃마리에게 하고 싶은 말을 자유롭게 써 보세요.**

▲ 꽃마리

02 행복의 열쇠, 앵초

옛날 독일의 작은 마을에 리스베스라는 여자아이가 살았어요. 어느 날 리스베스는 병든 어머니를 위해 들판으로 꽃을 따러 나갔지요. 마침 들판에는 앵초라는 꽃이 피어 있었어요. 그런데 앵초를 꺾으려던 리스베스는 문득 앵초가 불쌍하다는 생각이 들었어요.

'꽃만 꺾어 말라 죽게 하느니, 뿌리째 뽑아 집으로 가져가야지.'

리스베스는 앵초 한 포기*를 정성껏 뽑았어요. 그런데 갑자기 요정이 나타났어요.

"리스베스, 봄에 피는 앵초 가운데 딱 한 송이가 '보물의 성'의 문을 여는 열쇠인데, 네가 바로 그 앵초의 주인이 되었단다. 축하해."

요정은 곧 리스베스를 데리고 보물의 성으로 들어갔어요. 그러고는 리스베스의 주머니 안에 서둘러 많은 보석을 넣어 주었지요.

"서둘러! 문이 닫히면 나갈 수 없어. 어서 네 행운을 꽉 잡으렴."

요정의 충고 때문에 리스베스는 서둘러 성 밖으로 나왔어요.

"리스베스, 부디 네 행운을 소중히 쓰렴."

이후 리스베스는 보석으로 치료비를 마련해 어머니의 병을 고치고 행복하게 살았답니다.

* **포기**: 뿌리를 단위로 한 풀과 나무의 낱개를 세는 단위.

과학 탐구 **1. 앵초는 식물입니다. 다음 중 식물의 특징이 아닌 것은 어느 것인가요? (   )**

① 물 없이 빛만 있어도 살 수 있다.
② 뿌리, 줄기, 잎, 꽃, 열매로 구성되어 있다.
③ 싹이 터서 자라고 꽃을 피우며 열매를 맺는다.
④ 종류에 따라 뿌리, 줄기, 잎, 꽃, 열매의 모양이 다르다.

언어 **2. 리스베스가 뽑은 앵초는 무엇이었나요? (   )**

① 꽃으로 변한 보석
② 어머니의 병을 고치는 약
③ '보물의 성'의 문을 여는 열쇠
④ 요정들이 가장 아끼고 좋아하는 꽃

▲ 앵초

논술 **3. 리스베스의 행동에 대해 명희와 예찬이가 칭찬해 주려고 합니다. 명희의 칭찬을 읽은 뒤, 여러분이 직접 예찬이의 칭찬 주머니를 채워 주세요.**

3주 02

이른 여름, 숲속을 거닐다 보면 하트 모양 꽃잎이 네다섯 장 달린 연한 자주색 꽃을 볼 수 있어요. 바로 그 꽃이 이 이야기의 주인공인 '앵초'예요.

앵초는 '행복의 열쇠'라는 꽃말을 가지고 있답니다. 왜 그런 꽃말을 갖게 됐는지는 리스베스의 이야기를 생각해 보면 알 수 있지요.

앵초는 여러해살이풀로 산과 들의 물가나 풀밭 등 습기가 많은 곳에서 자라요. 뿌리는 수염뿌리이며, 줄기는 약간 비스듬히 서 있지요. 잎은 톱니[*]가 있는 달걀 모양으로 뿌리에서 뭉쳐나고, 잎 전체에 가는 털이 돋아나 있으며 표면에는 주름이 있답니다.

6~7월에 꽃줄기 끝에 연한 자주색 꽃이 피는데, 꽃잎 끝부분이 예쁜 하트 모양으로 갈라집니다. 앵초 뿌리는 달여 먹으면 기침과 가래를 없애는 데 좋다고 해요. 또한 어린잎은 나물로도 먹을 수 있어요.

* **톱니**: 톱 따위의 가장자리에 있는 뾰족뾰족한 이.

과학 탐구 1. 앵초에 대한 설명으로 알맞은 것은 어느 것인가요? (   )

① 봄에 꽃을 피운다.
② 여러해살이풀이다.
③ 꽃잎은 타원 모양이다.
④ 산과 들의 습기가 없는 곳에서 자란다.

◀ 앵초

과학 탐구 2. 다음 표를 보고, 앵초의 뿌리는 어떤 모습일지 찾아보세요. (   )

종류	특징
곧은뿌리	가운데에 굵은 원뿌리가 있고 그 주변에 가는 곁뿌리가 많이 달렸다.
수염뿌리	여러 개의 가는 뿌리들이 뭉쳐나 있다.

①
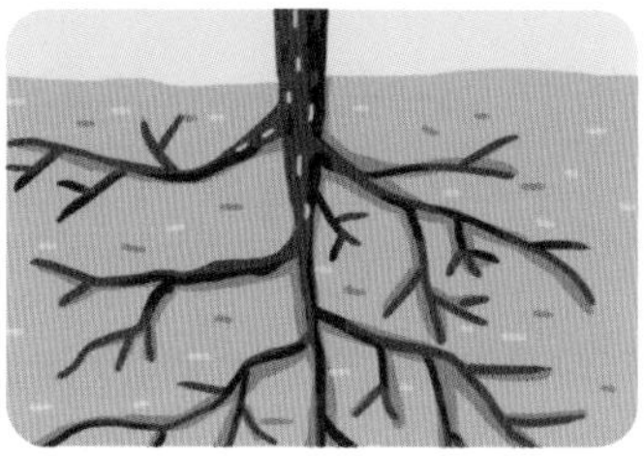

②

논술 3. 다음 사진에 있는 어리연꽃을 보기 와 같이 그림을 그리듯이 표현하여 보세요.

보기 앵초의 잎은 달걀 모양이고 잎 가장자리는 톱니 같다. 꽃은 연한 자주색이며 하트가 여러 개 합쳐진 것처럼 보인다.

▲ 어리연꽃

02 이름이 별난 풀꽃 이야기

쑥부쟁이, 소리쟁이 등 풀꽃 중에는 별난 이름을 가진 것들이 많아요. 왜 이런 특이한 이름들이 붙게 되었는지 알아볼까요?

먼 옛날 가난한 대장장이가 살았는데, 그 집의 맏딸은 식구들을 먹여 살리기 위해 매일같이 쑥을 캐러 다녔어요. 그래서 마을 사람들은 그 처녀를 쑥을 캐러 다니는 불쟁이(대장장이)의 딸이라고 하여 '쑥부쟁이'라고 불렀지요.

그러던 어느 날, 그 처녀는 위험에 빠진 한 청년을 구해 주었어요. 청년은 몹시 고마워하며 잠시 고향에 다녀온 뒤 처녀를 아내로 맞겠다고 했지요. 하지만 여러 해가 지나도록 청년은 돌아오지 않았어요. *우여곡절 끝에 처녀는 그 청년이 다른 여자와 결혼하여 자식까지 둔 것을 알게 되었지요. 크게 실망한 처녀는 결국 죽고 말았답니다. 이후 그녀가 죽은 자리에 예쁜 꽃이 피었는데 사람들은 그 꽃을 '쑥부쟁이'라고 불렀어요.

쑥부쟁이 줄기는 30~100센티미터 정도로 길게 자라며, 잎은 어긋나게 달리고 가장자리가 톱니처럼 되어 있어요. 7~10월 사이에 줄기와 가지 끝에 가운데는 노랗고 가장자리는 자주색인 꽃이 달려요.

* **우여곡절**: 뒤얽혀 복잡하여진 사정.

언어 1. 이 글에서 소개하려는 것은 무엇인가요? (　　　　　)

① 전설이 있는 풀꽃에 대하여
② 이름이 별난 풀꽃에 대하여
③ 여름에 꽃이 피는 풀꽃에 대하여
④ 사람의 이름을 가진 풀꽃에 대하여

과학 탐구 2. 꽃잎 모양에 따른 꽃의 분류를 잘 보고, 쑥부쟁이는 어느 꽃에 속하는지 쓰세요.

꽃의 종류	특징
통꽃	꽃잎이 모두 붙어 있다.
갈래꽃	꽃잎이 낱낱이 서로 갈라져 있다.

(　　　　　　　)

▲ 쑥부쟁이

3주 2일 학습 끝!
붙임 딱지 붙여요.

논술 3. 만일 쑥부쟁이에게 꽃말을 지어 준다면 무엇이 적당할까요? 이야기를 떠올리며 여러분이 꽃말을 직접 만들고, 그렇게 지은 까닭도 써 보세요.

(1) 쑥부쟁이에 어울리는 꽃말: ……………………

(2) 그렇게 지은 까닭: ……………………

이름이 특이한 풀꽃 중에는 '소리쟁이'라는 것도 있어요. 소리쟁이는 시골길이나 냇가, 하천 주변의 습기가 많은 곳에서 자라는 여러해살이풀이지요. 30~80센티미터 높이로, 줄기는 곧게 자라며 줄기에서 나는 잎은 어긋나고 잔주름이 많아요. 6~7월쯤 연녹색의 작은 꽃들이 꽃대마다 주렁주렁 매달려 피어요.

▲ 소리쟁이

소리쟁이라는 이름은 자잘하게 달린 열매들이 바람이 불면 사각사각 소리를 내서 붙인 이름이에요.

한편 '깽깽이풀'라는 특이한 이름의 풀도 있어요. 깽깽이풀은 보통 한 줄로 길게 늘어서서 자라는데, 이것은 개미와 같은 곤충들이 씨를 퍼뜨리기 때문이라고 알려져 있어요. '깽깽이풀'이라는 이름은 꽃이 늘어선 모습이 마치 깽깽이걸음*을 딛는 것처럼 보여서 붙였다고 해요. 줄기와 뿌리가 약재로 사용되고 있어서 큰 인기를 끄는 풀꽃 가운데 하나이지요. 그래서인지 오늘날에는 멸종 위기에 놓여 있답니다.

▲ 깽깽이풀

깽깽이풀은 4~5월에 잎보다 꽃이 먼저 펴요. 잎은 뿌리 가까운 곳에 모여 나는데, 둥글고 가장자리는 물결 모양을 이루지요. 연잎처럼 물에 젖지 않아요.

* **깽깽이걸음**: 한 발은 들고 한 발로만 뛰듯이 걷는 걸음걸이.

과학탐구 **1. 식물의 씨가 퍼지는 방법은 여러 가지가 있어요. 다음 중 씨가 퍼지는 방법으로 알맞지 않은 것은 어느 것인가요? (   )**

① 민들레처럼 바람에 의해서 씨가 퍼진다.
② 깽깽이풀처럼 곤충에 의해서 씨가 퍼진다.
③ 강낭콩처럼 씨앗을 싸고 있는 꼬투리가 터지면서 퍼진다.
④ 나팔꽃처럼 다른 물체를 감고 올라가는 줄기를 통해서 씨가 퍼진다.

언어 **2. 소리쟁이와 깽깽이풀의 차이점이 아닌 것은 무엇인가요? (   )**

① 이름이 특이하다.
② 꽃이 피는 시기가 다르다.
③ 꽃 이름의 유래가 다르다.
④ 꽃의 색깔과 모양이 다르다.

▲ 소리쟁이

▲ 깽깽이풀

논술 **3. 만일 이 글을 읽지 않았다면 '소리쟁이'와 '깽깽이풀'이라는 이름이 붙은 이유를 무엇이라고 짐작했을까요? 여러분이 직접 상상해서 써 보세요.**

(1) 소리쟁이:

(2) 깽깽이풀:

‘뚱딴지’는 행동이나 생각 따위가 엉뚱한 사람을 놀림조로 부르는 말이에요. 그런데 풀꽃 중에도 뚱딴지라는 것이 있답니다.

뚱딴지는 원래 북아메리카에서 맨 처음 자라난 여러해살이풀이에요. 8~10월에 가운데는 노랗거나 갈색, 자주색 등이고 가장자리는 샛노란 예쁜 꽃이 피지요. 뿌리는 감자와 비슷하게 생겼지만 맛이 없어서 돼지 같은 가축에게 먹여요. 그래서 ‘돼지감자’라고도 불리지요. 이렇듯 꽃은 예쁜데 뿌리의 생김새는 그와 잘 어울리지 않아서 ‘뚱딴지’라고 불렸답니다.

▲ 뚱딴지

‘까마중’이란 풀꽃은 ‘가마중, 깜뚜라지, 까마종이’ 등으로도 불리는 한해살이풀이에요. 까마중의 열매는 익으면 검은빛이 도는데, 모양이 동그래서 마치 스님의 머리와 닮았지요. 그래서 ‘까마중’이라는 이름이 붙었다고 해요.

까마중잎은 달걀 모양으로 어긋나게 달리며, 5~9월에 흰 꽃이 펴요. 스님의 머리를 닮은 둥근 열매는 7월쯤 검게 익는답니다.

▲ 까마중

※ **놀림조**: 놀리는 것과 같은 말투나 태도.
※ **한해살이풀**: 일 년 이내에 싹이 나고 자라서 꽃이 피며 열매를 맺은 다음 시들어 죽는 풀.

과학 탐구 1. 다음은 '식물의 한살이'를 나타낸 그림입니다. (   ) 안에 알맞은 말을 쓰세요.

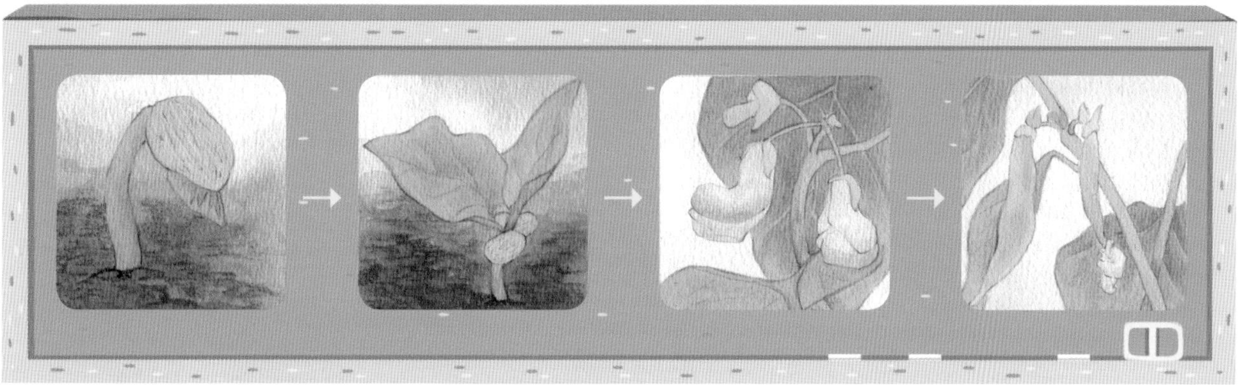

(1) 씨앗의 (   )이 튼다.→(2) 싹이 자란다. →(3) (   )이 핀다. → (4) (   )를 맺어 씨앗을 만든다.

과학 탐구 2. 뚱딴지와 까마중에 대한 설명 가운데 알맞지 않은 것에 ╳표를 하세요.

(1) '가마중, 깜뚜라지' 등은 까마중의 또 다른 이름이다. (   )
(2) 까마중은 까만 꽃이 피었다 지면 동그란 열매가 하얗게 익는다. (   )
(3) 열매 모양이 스님의 머리와 닮아서 '까마중'이란 이름이 붙었다. (   )
(4) 뚱딴지는 뿌리가 둥근 감자 모양이어서 '돼지감자'라고도 불린다. (   )

논술 3. 이 글을 읽고 '뚱딴지'에 대해 더 알아보려면 어떤 사전을 이용해야 할까요? 보기 에서 필요한 사전을 고르고, 그 까닭을 써 보세요.

보기 식물도감 국어사전 지리 사전 백과사전

(1) 필요한 사전:
(2) 그 까닭:

03 안쓰러운 꽃며느리밥풀

쉽게 볼 수 있는 풀꽃 가운데에는 '꽃며느리밥풀'이라는 것이 있어요. 꽃며느리밥풀에는 슬픈 이야기가 담겨 있는데, 입에서 입으로 전해지다 보니 지역에 따라 이야기가 조금씩 다르답니다.

옛날에 못된 시어머니를 모시고 사는 착한 며느리가 있었어요. 하루는 밥을 하던 며느리가 뜸*이 잘 들었는지 보려고 부뚜막 옆에 앉아 밥알 몇 개를 먹었지요. 그러자 그것을 본 시어머니가 몰래 밥을 먹었다며 호통을 치고 매질을 했답니다. 결국 며느리는 며칠을 끙끙 앓다가 죽고 말았어요. 며느리의 안타까운 사연을 알게 된 옥황상제는 시어머니에게 큰 벌을 내렸어요. 그리고 죽은 며느리의 영혼을 달래 주기 위해 며느리를 꽃으로 태어나게 했는데, 그 꽃이 바로 '꽃며느리밥풀'이랍니다.

꽃며느리밥풀의 아래쪽 꽃잎에는 하얀 점이 두 개 있는데, 이 점은 며느리가 먹은 밥알과 닮았어요. 이러한 사연 때문에 꽃말조차 '여인의 한*'이랍니다.

* **뜸**: 음식을 찌거나 삶아 익힐 때 열을 가한 뒤 한동안 뚜껑을 열지 않고 그대로 두어 속속들이 잘 익도록 하는 일.
* **한**: 몹시 원망스럽고 억울하여 응어리진 마음.

사회 탐구 1. 다음은 며느리가 밥을 하던 부엌의 부뚜막에 대한 설명입니다. 설명을 잘 읽고 사진에서 부뚜막을 찾아 번호로 쓰세요. (　　　　)

부뚜막은 아궁이 위에 솥을 걸 수 있도록 돌이나 흙을 섞어 평평하게 만들었다.

언어 2. 이 글 다음에 소개할 내용으로 알맞지 않은 것은 무엇인가요? (　　　　)

① 꽃며느리밥풀이 피는 시기
② 꽃며느리밥풀이 자라는 곳
③ 꽃며느리밥풀꽃의 생김새
④ 꽃며느리밥풀에 얽힌 이야기

▲ 꽃며느리밥풀

3주 3일 학습 끝!
붙임 딱지 붙여요.

논술 3. 여러분이 만약 꽃으로 다시 태어난다면 어떤 꽃이 되고 싶은지, 그 꽃의 이름과 그렇게 생각한 이유를 함께 써 보세요.

(1) 꽃 이름:

(2) 그렇게 생각한 이유:

꽃며느리밥풀은 한해살이풀로 볕이 잘 드는 숲 가장자리에서 자라요. 줄기는 높이가 30~50센티미터로 곧게 자라는데 전체적으로 잔털이 많아요. 줄기 양쪽으로 짧은 잎자루가 마주나며, 잎은 끝으로 갈수록 좁고 뾰족해져요.

꽃은 7~8월에 붉은색으로 피어요. 꽃은 1.5~2센티미터의 긴 통 모양이며 끝부분이 사람의 입술을 닮았어요. 아랫입술 같은 꽃잎에 두개의 하얀 점무늬가 있는데, 길고 통통하여 꼭 밥알 같지요.

꽃며느리밥풀 외에 '새며느리밥풀', '수염며느리밥풀'이라는 풀꽃에도 '며느리밥풀'이라는 이름이 들어갑니다. 그중 수염며느리밥풀은 주로 큰 나무 아래에서 자라는데, 영양분의 일부분은 나무와 같은 다른 식물에서 얻고, 모자라는 영양분은 스스로 광합성*을 해서 얻는답니다. 이런 식물을 '반기생 식물'이라고 불러요. 반쪽만 다른 생물에게 의지하여 생활한다는 의미예요.

* **광합성**: 녹색식물이 햇빛과 물 등을 이용하여 영양분과 산소를 만들어 내는 작용.

언어 1. 꽃며느리밥풀의 특징을 모두 고르세요. (　　　　　)

① 한해살이풀이다.
② 광합성 작용을 한다.
③ 꽃잎은 긴 통 모양이다.
④ 일 년이 지난 다음 씨를 다시 뿌리지 않아도 봄에 새싹이 난다.

▲ 꽃며느리밥풀

과학 탐구 2. 다음 그림에서 설명하고 있는 것은 무엇인지 이 글에서 찾아 쓰세요.

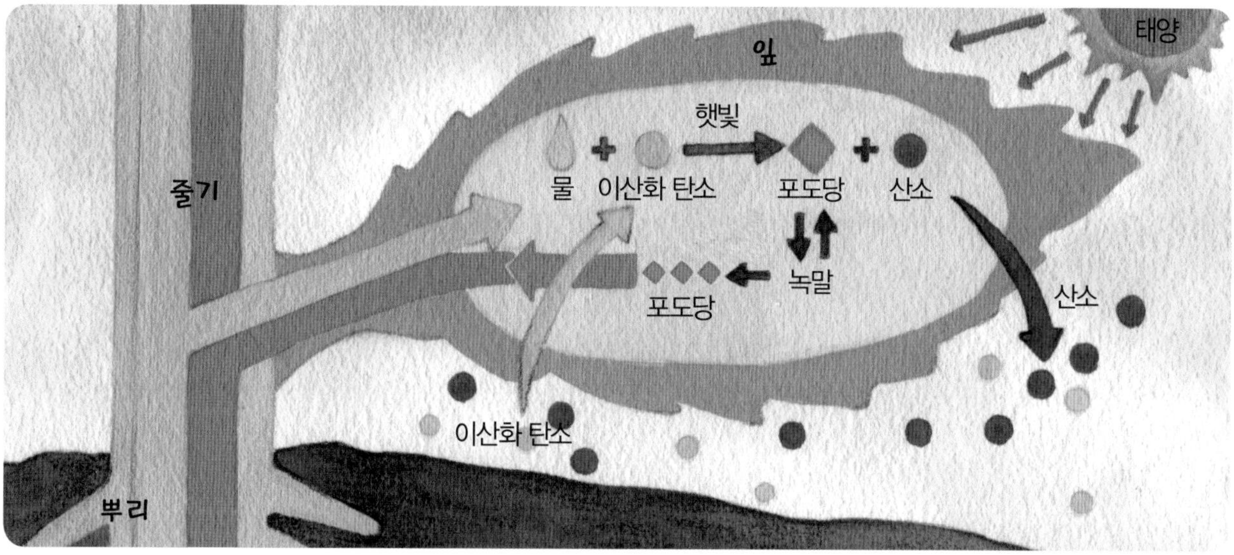

(　　　　　　　　　)

논술 3. 꽃며느리밥풀, 새며느리밥풀, 수염며느리밥풀은 모두 며느리밥풀의 종류입니다. 이름에서 짐작할 수 있는 며느리밥풀의 공통된 특징은 무엇일지 써 보세요.

04 우리 곁의 정겨운 풀꽃들

우리 주변에서 쉽게 볼 수 있는 풀꽃들로는 토끼풀, 나팔꽃, 민들레, 코스모스 등이 있어요.

▲ 토끼풀

그중 '토끼풀'은 공원 잔디밭에서 가장 흔히 만나는 풀꽃이에요. '클로버'라고도 불리지요. 땅 위로 뻗어 가는 줄기는 옆으로 자라면서 새롭게 뿌리를 내려요. 잎자루에는 보통 세 장의 잎이 달리는데, 간혹 네 장이 달린 것도 있어요. 세 장이 달린 토끼풀의 꽃말은 '행복'이고, 네 장이 달린 것은 '행운'이에요. 사람들은 흔히 네잎클로버의 행운을 찾겠다고 세잎클로버의 행복을 마구 짓밟고 다닌답니다. 토끼풀꽃은 6~7월에 하얗고 풍성하게 피어요.

▲ 민들레

'민들레' 역시 길가에서 쉽게 볼 수 있는 풀꽃이에요. 줄기는 없으며 뿌리에서 나온 잎은 잎자루 없이 사방으로 퍼져요. 한 개의 꽃줄기에 여러 개의 작은 낱꽃이 모여 마치 꽃 한 송이처럼 보이지요.

민들레씨는 *갓털이라는 솜털 같은 것을 이용해 바람을 타고 멀리 퍼져 나가요. 그러다 보니 길가나 돌 틈같이 풀이 자라기 힘든 곳에서도 씩씩하게 뿌리를 내린답니다.

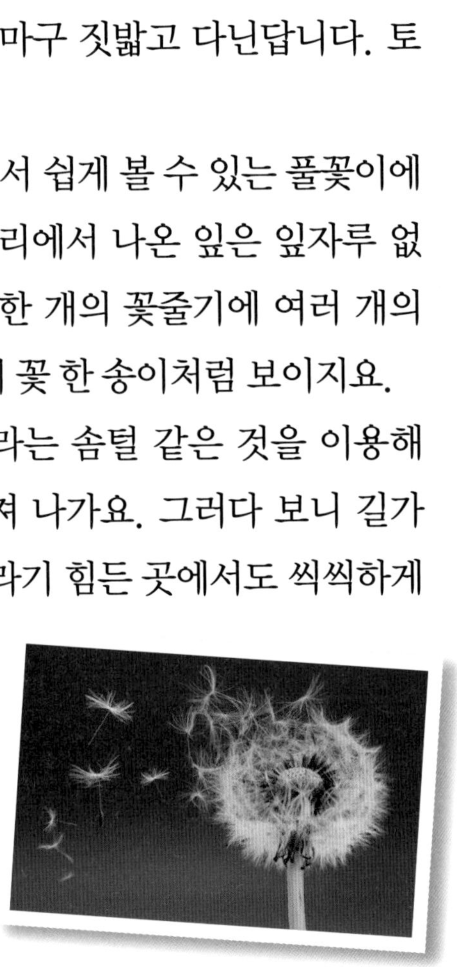
▲ 민들레씨가 날아가는 모습

* **갓털**: 씨방의 맨 끝에 붙은 솜털 같은 것. 씨앗이 적당한 곳에 도착할 때까지 씨앗을 고정시켜 주고 수분을 줌.

과학 탐구 **1. 풀꽃은 식물입니다. 식물과 동물의 차이점이 아닌 것은 어느 것인가요? (　　　　)**

① 동물은 모습이 다양하지만, 식물은 모습이 다양하지 않다.
② 동물은 스스로 움직일 수 있지만, 식물은 스스로 움직일 수 없다.
③ 동물은 알이나 새끼를 낳아서 번식하지만, 식물은 씨로 번식한다.
④ 동물은 스스로 영양분을 만들지 못하지만, 식물은 광합성 등을 통해서 스스로 영양분을 만든다.

과학 탐구 **2. 토끼풀과 민들레의 특징으로 알맞은 것에 ○표를 하세요.**

▲ 토끼풀

▲ 민들레

(1) 민들레잎은 줄기에서 잎자루가 마주나며 자란다. (　　　　)
(2) 민들레잎은 뿌리에서 나와 사방으로 퍼진다. (　　　　)
(3) 토끼풀은 잎자루가 없이 뿌리에서 바로 잎이 나온다. (　　　　)
(4) 토끼풀은 줄기가 땅 위로 뻗어 가며 새 뿌리를 내린다. (　　　　)

논술 **3. 민들레가 자라는 곳에 대해 선영이와 하늘이가 대화를 나누고 있어요. 선영이의 말풍선을 여러분 생각으로 채워 보세요.**

꽃잎 모양이 나팔처럼 생긴 '나팔꽃'은 동요에도 많이 나올 만큼 우리에게 매우 친근한 풀꽃 중 하나예요. *덩굴 식물이라서 뿌리에서 나온 줄기는 다른 물체를 감고 올라가며 자라지요. 잎은 보통 세 갈래로 갈라져 있고, 꽃은 7~8월에 자주색, 붉은 자주색, 붉은색, 흰색 등으로 피어요.

▲ 나팔꽃

풀밭에서 흔히 볼 수 있는 풀꽃 중 하나가 '명아주'예요. 명아주는 여름에 누런 녹색 꽃이 피는데, 자세히 보면 하얀 가루를 뿌린 듯 *희끗희끗해요. 줄기는 곧게 자라고 잎은 어긋나게 달리지요. 명아주는 약재나 나물 등으로 쓰이며, 옛날에는 잘 자란 명아주의 줄기로 지팡이를 만들어 사용했어요. 가볍고 단단해서 환갑 선물로 널리 쓰였답니다.

▲ 명아주

'코스모스'는 대표적인 가을꽃이에요. 씨를 뿌리면 특별히 보살피지 않아도 꽃을 피우기 때문에 예전에는 길가를 아름답게 만들기 위해 코스모스를 많이 심었다고 해요. 줄기는 1~2미터로 길쭉하게 자라며, 마주나는 잎은 가늘게 갈라져요. 6~10월에 가운데는 갈색이고 가장자리는 흰색, 분홍색, 자주색, 보라색 등인 꽃이 펴요.

▲ 코스모스

* **덩굴 식물**: 줄기가 길게 뻗어 나가면서 다른 물건을 감거나 거기에 붙어서 자라는 식물.
* **희끗희끗하다**: 군데군데 희다.

과학 탐구 **1. 다음은 식물 줄기의 생김새를 크게 두 가지로 정리한 것입니다. 나팔꽃, 명아주, 코스모스를 다음 빈칸에 알맞게 넣어 보세요.**

▲ 나팔꽃

▲ 명아주

▲ 코스모스

줄기의 생김새	식물의 예
곧게 뻗는 줄기	(1)
감아 올라가는 줄기	(2)

과학 탐구 **2. 다음 중 코스모스에 대한 설명인 것은 (   ) 안에 '코'를, 명아주의 설명인 것은 '명'을 쓰세요.**

(1) 대표적인 가을꽃이다. (   )

(2) 여름에 누런 녹색의 꽃이 핀다. (   )

(3) 약재로 쓰이거나 나물로 무쳐 먹는다. (   )

(4) 줄기는 곧게 자라며 마주나는 잎은 가늘게 갈라진다. (   )

3주 4일 학습 끝!

붙임 딱지 붙여요.

논술 **3. 이 글에 소개된 풀꽃 외에 여러분이 주변에서 본 풀꽃은 어떤 것들이 있나요? 그 풀꽃을 간단히 그리고 소개하는 글도 써 보세요.**

3주 05

되돌아봐요

'우리나라 풀꽃 이야기'를 잘 읽었나요? (   ) 안에 알맞은 낱말을 넣어서 풀꽃 도감을 완성해 보세요.

이름	비비추	꽃며느리밥풀	깽깽이풀
모습			
수명	여러해살이풀	한해살이풀	여러해살이풀
사는 곳	냇가같이 습기가 많은 곳	볕이 잘 드는 숲 가장자리	그늘이 지는 숲속
꽃 피는 때	7~8월	7~8월	4~5월
특징	대부분 연한 자주색 꽃이 피며, 흰색 꽃을 피우는 비비추도 있음.	붉은색 꽃이 피며, 아랫입술 모양의 꽃잎에 밥알 같은 무늬가 있음.	자주색 꽃이 핌. 개미와 같은 곤충들이 씨를 퍼뜨림.
기타	이름 유래: 어린잎을 먹을 때 잎에서 ① ( )이 나올 때까지 손으로 비빔.	꽃말: ② ( )의 한(서러움, 슬픔)	이름 유래: ③ ( )걸음을 딛는 것처럼 나란히 꽃이 펴서

이름	앵초	꽃마리	소리쟁이
모습			
수명	여러해살이풀	여러해살이풀	여러해살이풀
사는 곳	산과 들의 습기 많은 곳	개울가 등의 습기 있는 곳	길, 냇가 등의 습기 많은 곳
꽃 피는 때	6~7월	4~7월	6~7월
특징	연한 자주색 꽃이 피며 꽃잎이 하트 모양임.	연한 하늘색 꽃잎이 천천히 풀리면서 핌.	연녹색의 작은 꽃들이 꽃대에 주렁주렁 매달림.
기타	꽃말: ④ ( )의 열쇠	이름 유래: ⑤ ( )의 윗부분이 돌돌 말려 있어서.	이름 유래: 바람이 불면 열매들이 ⑥ ( )를 내서

이름	쑥부쟁이	뚱딴지	까마중	명아주
모습				
수명	여러해살이풀	여러해살이풀	한해살이풀	한해살이풀
사는 곳	습기 있는 곳	마을 주변이나 밭 등	길가나 밭 등	풀밭 등
꽃 피는 때	7~10월	8~10월	5~9월	여름
특징	가운데는 노랗고, 가장자리는 길쭉한 ⑦ ( ) 꽃이 핌.	⑧ ( )처럼 생긴 뿌리를 가축에게 먹임.	흰색 꽃이 피며, 열매는 익으면서 까맣게 됨.	누런 녹색 꽃이 핌.
기타	이름 유래: 대장장이의 딸이 쑥을 캔 옛이야기에서 따옴.	이름 유래: 뿌리의 생김새가 꽃과 어울리지 않아서.	이름 유래: 열매가 ⑨ ( )의 깎은 머리를 닮아서.	쓰임새: 나물, 약재로 쓰이고, 줄기로 ⑩ ( )를 만듦.

이름	토끼풀	민들레	나팔꽃	코스모스
모습				
수명	여러해살이풀	여러해살이풀	한해살이풀	한해살이풀
사는 곳	집 주변, 공원 잔디밭 등	길가, 돌 틈 등	길가 등	길가나 공원 등
꽃 피는 때	6~7월	4~5월	7~8월	6~10월
특징	흰 꽃이 핌. 잎자루에 세 장의 잎이 달리나 간혹 네 장이 달린 것도 있음.	여러 개의 노란 낱꽃이 모여 한 송이처럼 보임.	줄기가 다른 것을 감으면서 자라는 ⑬ ( ).	줄기는 1~2미터 길게 자라며, 마주나는 잎은 가늘게 갈라짐.
기타	꽃말: 세 장 토끼풀은 '행복', 네 장 토끼풀은 ⑪( ).	씨가 ⑫ ( )을 이용해 멀리 날아감.	꽃말: 기쁜 소식	⑭ 계절:( )을 대표하는 꽃임.

우리 생활에 이롭게 쓰이는 풀

우리 주변에는 매우 많은 풀과 풀꽃들이 피고 져요. 우리 조상들은 이미 오래전부터 이것들을 생활에 이롭게 사용해 왔지요. 우리 생활에 쓰이고 있는 다양한 풀꽃들을 한번 알아보아요.

음식이 되는 풀

풀은 음식에 많이 사용되었어요. 어린잎이나 풀뿌리를 삶거나 데쳐서 양념에 무쳐 먹었지요. '도라지나물, 고사리나물, 시금치나물, 참나물, 취나물' 등은 풀을 이용한 대표적인 나물들이에요. '고들빼기'는 쌉싸래한 맛이 좋아 늦가을에 김치로 담가 먹기도 하지요. 산속 깊은 곳에서 자라는 '곰취'는 잎을 데쳐서 먹거나 간장에 절여 장아찌로 만들어 먹는답니다.

▲ 도라지

▲ 곰취

약이 되는 풀

▲ 익모초

▲ 황기

풀은 병을 다스리는 약으로 쓰이기도 했어요. 들판이나 논두렁 등 습기가 많은 곳에서 자라는 '익모초'는 어머니(어머니 모, 母)에게 이롭다(더할 익, 益)는 뜻에 어울리게 생리통 등 여성과 관련된 질병에 쓰이지요. 산과 들에서 자라는 '잔대'의 뿌리는 도라지와 비슷한데, 기침, 가래, 열 등을 가라앉히는 효과가 있어요. 산지에서 자라는 '황기'의 뿌리는 기운을 회복하고 땀을 그치게 하며, 몸이 붓는 것을 다스릴 때 쓰인답니다.

색을 내는 풀

풀 중에는 색을 내는 데 쓰이는 것들도 있어요. '쪽'은 주로 파란색을 내는 데 이용했는데, 쪽물에 담긴 옷감은 공기를 만나 파란색이 되지요. 홍화라고도 불리는 '잇꽃'은 붉은색을 내는 데 이용했는데, 옛날에 신부들의 얼굴에 찍던 연지가 바로 잇꽃으로 만든 것이었어요.

▲ 잇꽃

옷감이 되는 풀

옷감을 만드는 데 쓰이는 풀도 있어요. 우리가 잘 아는 삼베와 모시는 '삼'과 '모시풀'의 껍질에서 섬유를 뽑은 뒤 여러 과정을 거친 다음 베틀에서 짠 옷감이에요. 통풍이 잘되어서 여름철 옷감으로 매우 좋아요.

▲ 삼

차가 되는 풀

풀은 차의 재료로도 사용되었어요. 우리가 즐겨 마시는 둥굴레차는 산과 들판에서 자라는 '둥굴레'의 뿌리를 말려서 물에 우려낸 것이지요. 또 강원도 평창군 봉평의 특산물인 '메밀'은 씨앗을 잘 볶아 뜨거운 물을 부으면 구수한 차가 돼요. 메밀은 차 외에도 메밀가루를 내어 냉면이나 전, 묵 등을 만들어요.

▲ 둥굴레

여기서 소개된 것 외에 풀을 어떻게 이용할 수 있을지 생각하여 써 보세요.

내가 할래요

나만의 풀꽃 도감을 만들어요

'우리나라의 풀꽃 이야기'에 소개되지 않은 풀꽃을 조사하여 다음 순서에 따라 나만의 풀꽃 도감을 만들어 보세요.

준비물 | 흰 도화지 1장, 가위(칼), 풀, 굵은 털실, 송곳

만드는 방법

1

인터넷이나 백과사전, 식물도감 등에서 마음에 드는 풀꽃을 여섯 가지 선택한다.

2

❶에서 선택한 풀꽃들을 각각 이름, 모습, 수명, 사는 곳, 꽃 피는 때, 특징, 기타 등으로 정리한다.

3

흰 도화지 한 장을 그림과 같이 접어 여덟 개의 칸으로 나눈다. 이때 칸의 넓이는 같게 한다.

4

여덟 개의 칸을 가위 또는 칼로 깨끗하게 자른다. 가위질이 서툴다면 부모님께 부탁한다.

5

풀꽃 모습을 인터넷에서 찾은 다음 프린트하여 도화지 여섯 장의 윗부분에 붙인다. 풀꽃 모습을 색연필 등으로 직접 그려도 된다.

확인할 내용	잘함	보통임	부족함
1. 이번 주 학습을 5일(월요일~금요일) 안에 끝마쳤나요?			
2. 우리나라에 피는 풀꽃들을 잘 살펴보았나요?			
3. 식물의 구조를 그림으로 그릴 수 있나요?			
4. 식물의 한살이를 설명할 수 있나요?			

6

도화지의 아랫부분에 풀꽃의 특징을 적는다. 되도록 짧고 명확하게 쓰며, 쉬운 낱말을 사용한다.

7

남은 두 장의 도화지로 풀꽃 도감의 앞표지와 뒤표지를 만든다. 쓰고 싶은 말이나 그림 등을 넣어서 자유롭게 꾸민다.

8

도화지를 순서대로 포갠 다음, 도화지 위쪽에 송곳으로 구멍을 뚫는다. 송곳은 매우 날카로우니 어른들의 도움을 받는다.

9

도화지가 흐트러지지 않게 잘 잡은 다음, 구멍에 털실을 꿰어 도화지 여덟 장을 단단하게 묶는다.

10

드디어 나만의 풀꽃 도감 완성!

풀꽃 도감 만들기에
자신이 생겼다면,
도화지 두세 장 정도를
더 사용해 보다 내용이
풍성한 풀꽃 도감을
만들어 보세요!

3주 5일
학습 끝!

붙임 딱지 붙여요.

전하는 말

4주

지역 특산물을 소개해 봐요

생각톡톡 사진은 매우 아름다운 고장인 제주도입니다. 제주도 하면 가장 먼저 떠오르는 것을 써 보세요.

관련교과

[사회 3-1] 고장의 역사적인 유래와 특징을 바탕으로 고장에 대해 친밀감 갖기 / 고장의 문화유산의 특징과 가치를 파악하여 고장에 대한 자긍심 갖기

[사회 5-1] 우리 국토의 위치와 영역, 자연환경, 인문 환경에 대해 설명하기

지역 특산물을 소개해 봐요

소개하는 글 형식

통영 나전 칠기

내가 살고 있는 곳은 남해의 푸른 바다가 보이는 경상남도 통영이에요. '통영'은 임진왜란 때 이순신 장군이 수군을 다스리던 삼도 수군 통제영이 있던 곳이지요. 그런데 통영은 '나전 칠기'라는 특산물로도 매우 유명하답니다.

나전 칠기란, 광채가 나는 *자개 조각이 박힌 서랍장이나 장롱 따위의 공예품을 말해요. 나전 칠기를 만들려면 손이 매우 많이 가는데, 그 대략적인 과정은 다음과 같아요.

일단 나무로 화장대, 상 등 물건의 뼈대를 만든 다음, *옻칠을 하여 말리고 갈아 내는 작업을 반복해요. 옻칠을 여러 번 하는 이유는 변질을 막고 세월이 지나도 광택을 잃지 않게 하기 위해서예요. 이렇게 틀이 갖춰지면 그 위에 자개를 아름답게 붙여요. 그런 다음 그 위에 또 옻칠을 하여 말리고 갈아 내는 작업을 반복하지요. 마지막으로 광을 내면 나전 칠기가 완성된답니다.

▲ 나전 칠기 제품

옻칠을 하는 칠기 기법은 삼국시대에 중국 당나라에서 들여온 것으로 짐작돼요. 하지만 우리 기술이 중국보다 뛰어나서 주변의 많은 나라들이 우리나라의 칠기를 더 좋아했다고 해요.

* **자개**: 금빛이 나는 조개껍데기를 썰어 낸 조각.
* **옻칠**: 옻(옻나무에서 나오는 끈끈한 물질)을 바르는 일.

언어 1. 다음은 나전 칠기를 만드는 과정입니다. 빈칸에 알맞은 과정을 이 글에서 찾아 써 보세요.

(1) 나무를 다듬어 물건의 뼈대를 만든다. → (2) 여러 번 옻칠을 하여 말리고 갈아 낸다. → (3) ______ → (4) 몇 번 더 옻칠을 하여 말리고 갈아 낸다. → (5) ______

과학 탐구 2. 다음에서 설명하는 것이 무엇인지 이 글에서 찾아 써 보세요.

▲ 옻나무

이것은 옻나무 표피에 상처를 내어 나오는 액체이다. 처음에는 회색이지만 물기를 없애면 검붉은 색으로 변한다. 이것을 다른 색소와 섞으면 여러 가지 색깔의 칠 재료를 얻을 수 있다.

(　　　　　　)

논술 3. 다음 공예품을 살펴본 뒤 간단히 소개하는 글을 써 보세요.

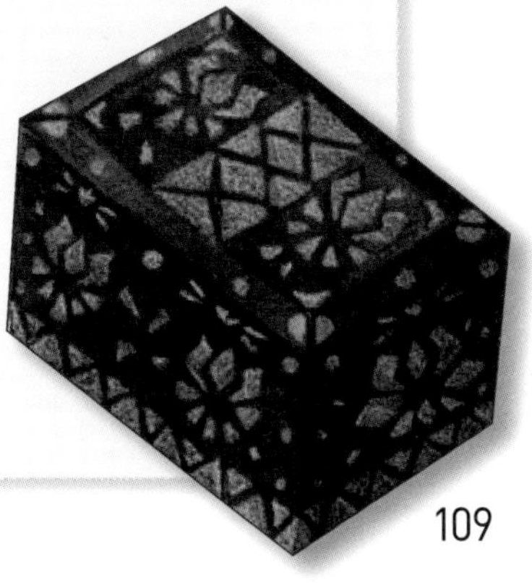

왜 통영의 나전 칠기가 유명한지 궁금하지 않나요?

그 첫 번째 이유는 통영에 아름다운 전복이 많기 때문이에요. 자개로 쓰이는 재료 중 전복껍데기가 으뜸이거든요. 전복껍데기의 빛깔이 다른 조개나 굴 껍데기보다 아름답기 때문이에요. 그런데 통영은 품질 좋은 전복이 많기 때문에, 나전 칠기 역시 통영에서 만든 것이 매우 아름다워요.

두 번째 이유는 통영에 뛰어난 장인*들이 많기 때문이에요. 조선 중기에 나라에서는 통영에 12공방*을 두어 관아와 전쟁에 필요한 물건을 만들게 했어요. 하지만 조선 후기가 되어 12공방을 나라가 아닌 일반인이 운영하게 되면서 몇 공방들은 나전 칠기 공예품을 만들어 팔기 시작했답니다. 이후 통영은 장인들이 대를 이어 가며 최고의 나전 칠기를 만드는 곳이 되었어요.

통영 바다만큼 아름다운 나전 칠기. 아마 나전 칠기를 직접 본다면 어떤 예술 작품보다 더 큰 감동을 얻게 될 거예요.

▲ 통영 바다

※ **장인**: 손으로 물건을 만드는 일을 직업으로 하는 사람.
※ **공방**: 공예품 따위를 만드는 곳.

과학 탐구 1. 자개로 쓰이는 재료와 관계없는 동물은 무엇인가요? (   )

① 
굴

② 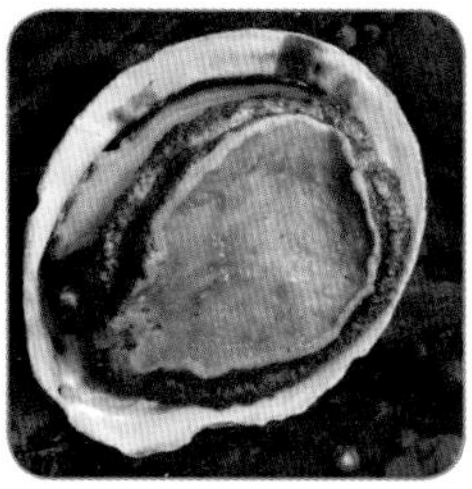
전복

③ 
조개

④ 
달랑게

언어 2. 통영이 나전 칠기로 유명한 까닭을 두 가지 고르세요. (   )

① 통영은 우리나라에서 전복이 나는 유일한 지역이기 때문이다.
② 통영 사람들은 매우 부유하여 비싼 나전 칠기를 많이 사기 때문이다.
③ 통영에는 자개의 으뜸으로 꼽히는 품질 좋은 전복이 많기 때문이다.
④ 솜씨 좋은 장인들이 대를 이어 나전 칠기 공예품을 만들고 있기 때문이다.

논술 3. 이 글에서는 나전 칠기를 통영 바다만큼 아름답다고 표현했습니다. 나전 칠기를 여러분이 살고 있는 고장에서 가장 아름다운 것에 빗대어 보기 와 같이 표현해 보세요.

보기 나전 칠기는 서울에 있는 창덕궁 후원의 옥류천만큼 아름답다.

일기 형식

20○○년 ○월 ○일	날씨: 맑고 화창함.
제목: 이천 도자기 공방에 다녀오다.	

우리 가족은 아침 일찍 경기도 이천에 있는 도자기 공방으로 갔다. 그곳에 계신 아버지 친구분이 도자기를 굽는 1일 체험을 시켜 주신다고 했기 때문이다.

공방에 도착하자 아버지 친구분이 반갑게 맞아 주셨다. 진흙이 묻은 앞치마에 질끈 묶은 머리까지, *도예가 느낌이 팍팍 풍겼다. 우리는 먼저 작업실로 들어가서 따뜻한 차를 마시며 이야기를 나누었다.

"어이구, 많이 컸네. 그런데 형우는 오늘 무엇을 빚고 싶으냐?"

"저는 박물관에서 본 고려청자를 만들고 싶어요. 헤헤."

"허허, 그래? 그럼 오늘 진땀 좀 빼겠는데. 어디 한번 해 보자."

도예가 선생님은 곧 *물레에 반죽을 올려 주셨다.

"경기도 이천은 옛날부터 흙 좋고 물 좋기로 유명하단다. 게다가 가마에 쓸 땔감도 많아서 최고의 도자기 마을이 될 수 있었어."

* **도예가:** 도자기 공예를 전문적으로 하는 사람.
* **물레:** 도자기를 만들 때, 흙을 빚거나 무늬를 넣는 데 사용하는 기구. 돌림판.

사회 탐구 **1. 친구들이 무엇에 대해서 말하고 있는지 이 글에서 찾아 써 보세요.**

(　　　　　　　　)

언어 **2. 경기도 이천이 도자기로 유명한 까닭은 무엇인가요? (　　　　)**

① 도자기를 파는 곳이 많아서
② 좋은 흙과 물, 땔감이 많아서
③ 좋은 물레를 만드는 곳이 있어서
④ 좋은 쌀을 담을 도자기가 많이 필요해서

논술 **3. 다음은 고려 시대의 도자기인 고려청자와 조선 시대의 도자기인 조선백자입니다. 두 도자기를 비교하여 감상한 느낌을 써 보세요.**

▲ 고려청자

▼ 조선백자

4주 1일 학습 끝!
붙임 딱지 붙여요.

도예가 선생님이 스위치를 켜자 물레가 돌아가기 시작했다.

"예전에는 흙 반죽이며 물레 돌리는 것이며 모두 사람 손으로 했는데 요즘에는 기계가 다 해 준단다. 하지만 도자기의 모양을 만들고 *문양을 넣는 가장 중요한 일은 여전히 사람 몫이야."

나는 선생님의 설명에 따라 손을 이리저리 움직이며 도자기 모양을 만들었다. 물레 위에 있는 흙덩이가 내 손의 움직임에 따라 모양을 바꾸는 것이 정말 신기했다.

한 시간가량 끙끙대자 마침내 항아리 모양의 그릇이 완성되었다. 나는 도자기에 나무 세 그루를 그리고 내 이름도 새겨 넣었다. 정말 뿌듯했다.

원래는 문양을 넣은 뒤에 말려서 *초벌 굽기를 하고 유약을 발라 다시 구워야 하는데, 그 과정은 시간이 오래 걸려서 선생님께서 나중에 해 주시기로 했다.

돌아갈 때가 되자 선생님께서 만드신 작은 화분을 선물로 주셨다. 예전에는 무심히 보던 화분이지만, 도자기를 직접 만들고 나니 화분 하나도 정말 신통해 보였다. 어서 내가 만든 도자기가 완성되었으면 좋겠다.

* **문양**: 옷감이나 조각품 따위를 장식하기 위한 여러 가지 모양. 무늬.
* **초벌**: 같은 일을 여러 차례 거듭해야 할 때 맨 처음 대강 하여 낸 차례. 애벌.

예체능 **1. 다음은 도자기를 만드는 과정을 차례대로 나열한 것입니다. 다음 중 형우가 해 본 것은 어느 과정인가요? (   )**

① 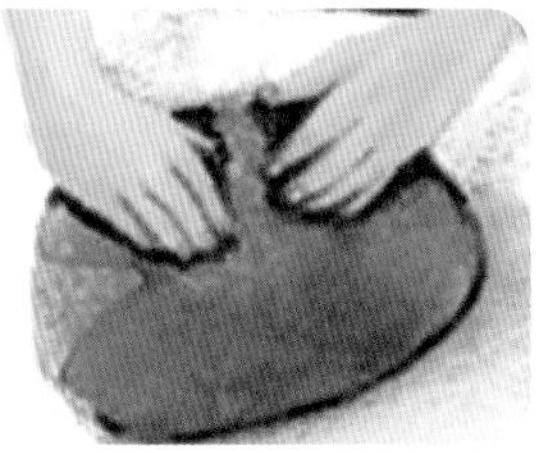
점토 만들기

② 
형태 만들기

③ 
건조하기

④ 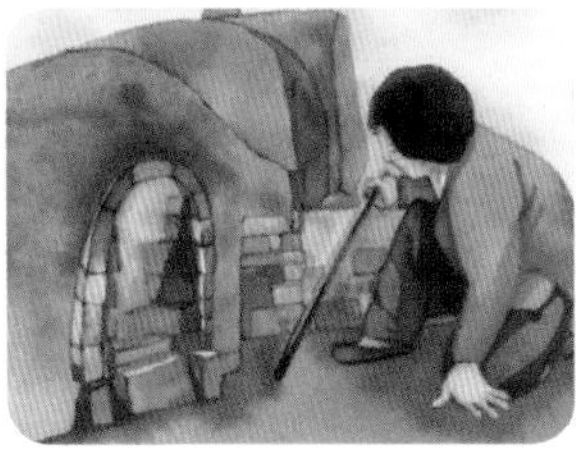
초벌 굽기

⑤ 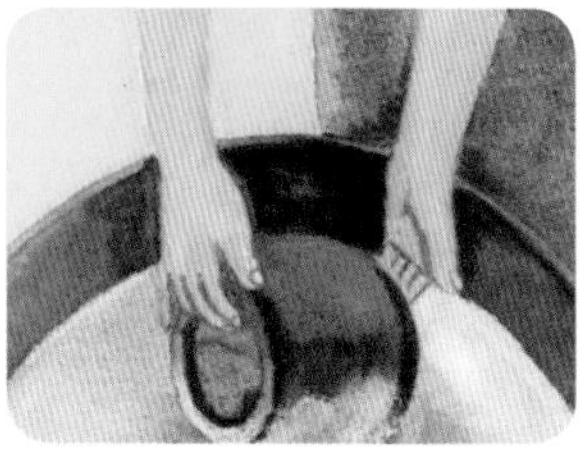
유약 바르기

⑥ 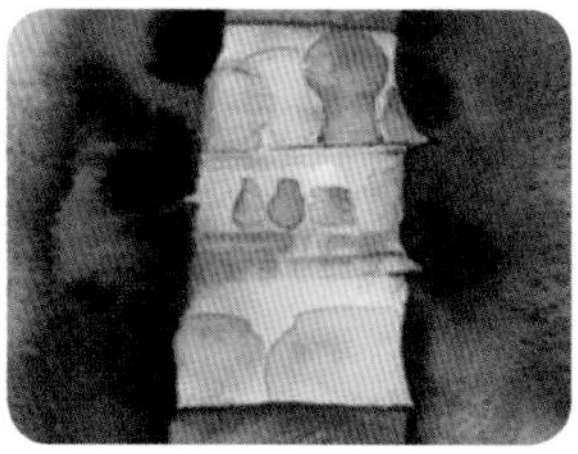
재벌 굽기

언어 **2. 도자기를 직접 만들면서 형우의 마음은 어떻게 바뀌었나요? (   )**

① 피곤함 → 아쉬움　② 신기함 → 뿌듯함
③ 신기함 → 속상함　④ 지루함 → 즐거움

논술 **3. 여러분이 만약 도자기를 빚는다면 어떤 형태로 만들어 무엇을 새겨 넣을지 그리고, 그 형태와 문양을 써 보세요.**

(1) 만들고 싶은 형태:

(2) 새겨 넣을 문양:

백과사전 형식

한산 모시

충청남도 서천군 한산 지역은 옛날부터 모시로 유명하다. 특히 '세모시'는 빛깔과 결이 잠자리 날개처럼 고와서 한산 모시 중에서도 으뜸으로 꼽힌다.

모시란, 모시풀의 껍질로 실을 만들어 짠 옷감이다. 모시풀은 키가 1~2미터 정도이고 줄기가 곧게 자라는데, 따뜻하고 습기가 많은 지역에서만 자라는 등 재배 조건이 매우 까다롭다.

모시풀은 고려 시대에 충청도 사람이 중국에서 들여와 재배하기 시작하였다고 전한다. 사람들은 모시풀 껍질이 가늘게 잘 벗겨지자 이를 이용해 옷감을 만들게 되었다. 이후 한산에서 만든 모시는 임금에게 바치는 물건이 될 만큼 고급 옷감으로 발전하였다.

모시는 통풍이 잘되고 올이 *깔깔하며 몸에 잘 달라붙지 않아 여름철 최고의 옷감으로 꼽힌다. 하지만 모시풀을 재배하는 지역이 적어 옷감이 귀했기 때문에, 예전에는 주로 양반층에서 입었다.

* **깔깔하다**: 감촉이 보드랍지 않고 까칠까칠하다.

언어 1. 이 글을 통해 알 수 있는 내용이 아닌 것은 무엇인가요? (   )

① 세모시의 특징 ② 모시옷의 특징
③ 모시 짜는 과정 ④ 모시풀의 재배 조건

과학탐구 2. 다음은 모시풀의 모습입니다. 모시풀에 대한 설명 중 틀린 것은 어느 것인가요? (   )

① 잎은 넓고 끝이 꼬리처럼 약간 길다.
② 따뜻하고 습도가 높은 곳에서 잘 자란다.
③ 모시풀의 껍질을 실로 만들어서 옷감을 짠다.
④ 줄기가 곧게 서지 않고 다른 물건을 감거나 거기에 붙어서 자란다.

▲ 모시풀

논술 3. 다음은 삼베의 특징을 설명한 것입니다. 모시와 삼베는 무엇이 같고 무엇이 다른지 비교하여 써 보세요.

삼베는 삼의 껍질에서 뽑아낸 삼실로 만든 옷감으로, 옷감이 성글고 바람이 잘 통한다. 삼은 기후에 잘 적응하는 식물이어서 어디서든 쉽게 재배할 수 있다. 그래서 옛날에는 서민들이 가장 많이 사용하는 여름철 옷감으로 쓰였다.

(1) 공통점:

(2) 차이점:

▲ 삼베로 만든 주머니

모시풀이 자라는 환경만큼 모시를 만드는 과정 또한 매우 까다롭다. 모시는 습도가 낮으면 잘 끊어지기 때문에, 옛날부터 모시는 음력 5~6월에 통풍이 안 되는 *움집에 베틀을 놓고 짰다. 또한 바람이 불거나 비 오는 날에는 모시를 짜지 않았다.

●한산 모시 짜는 과정●

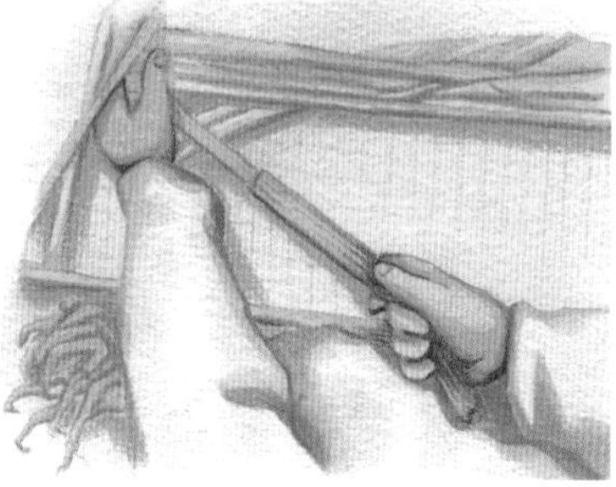

1. 태모시 만들기

모시풀 줄기에서 껍질을 벗겨 낸 다음, 물에 불리고 말리는 과정을 반복한다.

2. 모시 째기

태모시를 이로 가늘게 쪼개어 실을 여러 가닥으로 만든다. 이 과정에서 모시의 굵기가 정해진다.

3. 모시 삼기

모시 가닥의 끝을 이어 긴 실을 만든다. 손으로 비벼 실의 굵기를 일정하게 한다.

4. 모시 날기

모시를 체에 동그랗게 포개어 담은 뒤 실의 굵기에 따라 세로로 놓일 날실의 올 수를 정한다.

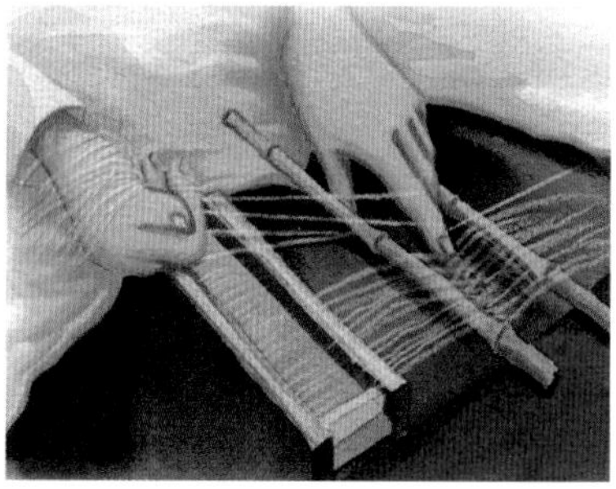

5. 바디 끼우기

모시 날기가 끝난 날실을 베틀의 바디에 가지런히 끼운다.

6. 모시 매기

콩가루와 소금 푼 물을 날실에 발라 빳빳하게 만든 뒤 베틀로 모시를 짠다.

이와 같은 과정을 거쳐 생산되는 한산 모시는 우리 고유의 아름다움을 간직한 전통적인 여름 옷감이다. 그래서 오늘날에는 한산 모시 짜는 기술을 유네스코 인류 무형 문화유산으로 지정하여 보전하고 있다.

* **움집**: 움을 파고 지은 집. 움막보다 조금 큼.

과학 탐구 **1. 모시를 짤 때 가장 중요한 조건은 무엇인가요? (　　　　)**

① 햇빛　　② 토양　　③ 기온　　④ 습도

사회 탐구 **2. 다음 중 한산 모시 짜기와 관계 깊은 물건은 무엇인가요? (　　　　)**

① 
비

② 
베틀

③ 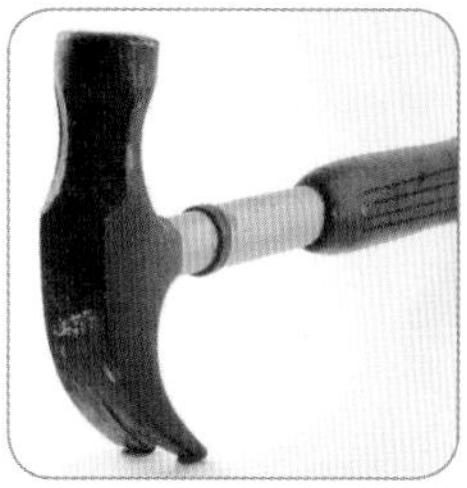
장도리

④ 
글러브

논술 **3. 이 글에 나타난 모시 짜는 과정을 읽고, 여러분은 모시에 대해서 어떻게 생각하는지 다음 보기 와 같이 써 보세요.**

보기 모시는 사람들의 정성과 인내가 필요한 옷감이다.

4주 2일 학습 끝!
붙임 딱지 붙여요.

○○일보 20○○년 ○월 ○○일 ○요일

명품 소금, 신안군 천일염 불티나
방사능 유출로 인한 바다 오염이 소비 심리 자극

2011년 일본 대지진 이후 소금이 *불티나게 팔리고 있다. 일본의 원자력 발전소 폭발로 방사능이 유출되면서 바다가 심각하게 오염될 것을 걱정하여 미리 소금을 사 두려는 마음이 커졌기 때문이다.

이에 명품 소금으로 유명한 전라남도 신안군의 천일염은 주문량이 많아 값이 치솟고 있다. 신안군 천일염은 육지로부터 50킬로미터 떨어진 염전에서 서해안 바닷물을 괴어 정화한 다음, 3년 동안 바람과 햇빛만으로 *간수를 뺀 것이다.

신안군 천일염은 값이 싼 김장용 굵은소금보다 입자가 곱고 작다. 그래서 김장은 물론 구이 등 여러 음식을 만드는 데 사용된다. 또한 이것을 음식에 넣으면 음식이 무르거나 쓴맛이 나지 않으며 일반 소금에 비해 *미네랄 함량이 높고 짜지 않다.

신안군 염전에서 일하는 사람들은 쏟아지는 주문량을 맞추기 위해 즐거운 비명을 지르고 있다.

* **불티나다**: 물건이 내놓기가 무섭게 빨리 팔리거나 없어지다.
* **간수**: 습기가 찬 소금에서 저절로 녹아 흐르는 짜고 쓴 물. 두부를 만들 때 씀.
* **미네랄**: 생물의 몸에 필요한 광물로 된 영양소. 칼슘, 칼륨, 나트륨, 철 등.

언어 **1. 이 글의 중심 내용은 어느 것인가요? (   )**

① 신안군의 천일염은 일반 소금에 비해 미네랄 함량이 높고 짜지 않다.
② 신안군의 천일염을 음식을 할 때 넣으면 무르거나 쓴맛이 나지 않는다.
③ 신안군의 천일염은 값이 싼 김장용 굵은소금보다 입자가 더 곱고 작다.
④ 2011년 일본 대지진 이후 바다 오염에 대한 걱정으로 품질 좋은 신안군 천일염이 불티나게 팔리고 있다.

과학 탐구 **2. 다음은 바닷물에서 소금을 얻는 과정입니다. 다음 ㉠에 들어갈 알맞은 말은 무엇인가요? (   )**

수차를 돌려서 바닷물을 끌어올린다.

→

염전의 바닷물이 햇빛에 의해 [㉠] 되면서 소금이 생긴다.

→

소금을 염전의 한가운데로 모은다.

→

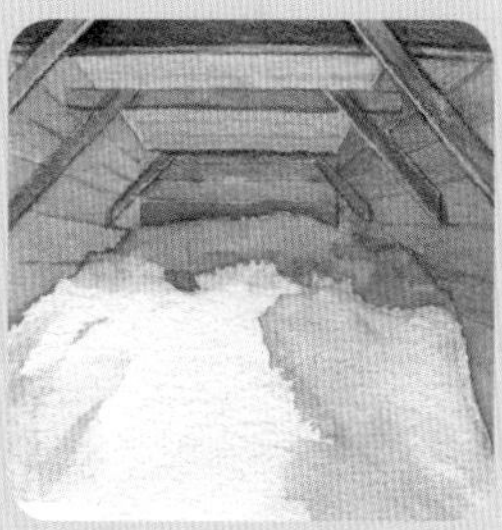
소금을 창고에 넣어 보관한다.

① 이동　　② 증발　　③ 변화　　④ 혼합

논술 **3. 힘든 상황이 좋은 결과와 맞물려 있을 때 '즐거운 비명'이라는 말을 사용합니다. 다음 보기 와 같이 즐거운 비명을 넣어 문장을 만들어 보세요.**

보기 식당 주인이 많은 사람들의 주문을 받느라고 즐거운 비명을 지르고 있다.

4주 03

이야기 형식

영광 굴비

옛날 고려 시대에 있었던 일이에요. *벼슬아치 중에 이자겸이라는 사람이 있었어요. 이자겸은 당시 고려를 다스리던 예종에게 딸을 시집보내고 큰 권력을 누리고 있었어요.

"왕의 장인이 되었으니 무엇이 더 부럽겠느냐. 하하하."

시간이 지나 예종과 이자겸의 딸 사이에서 아들이 태어났어요. 그리고 그 아들이 자라 인종 임금이 되자 이자겸은 인종에게도 딸을 시집보냈어요. 임금의 외할아버지이자 장인이 된 이자겸의 힘은 나날이 강해졌어요.

"이미 임금보다 더한 권력을 가지고 있는데, 내가 임금이 된다고 한들 누가 뭐라고 하겠느냐. 어디, 내가 한번 임금이 되어 볼까?"

이자겸은 결국 왕의 자리까지 *탐내었어요. 하지만 그의 욕심은 이루어지지 않았어요. 그를 따르던 척준경이라는 사람이 이자겸을 배신하고 인종을 도와 이자겸을 체포했거든요.

* **벼슬아치**: 관청에 나가서 나랏일을 맡아보는 사람.
* **탐내다**: 가지거나 차지하고 싶어 하다.

사회 탐구 1. 이 이야기의 배경은 고려 시대입니다. 고려 시대와 관련 없는 내용을 말한 친구는 누구인가요? (   )

① 
고려 시대에 세종 대왕이 한글을 만들었어.

② 
고려 시대에 만들어진 고려청자는 빛깔이 매우 아름다워.

③ 
고려 시대에 세계 최초의 금속 활자 인쇄본인 “직지심체요절”이 만들어졌어.

④ 
고려 시대에도 각 신분에 따라 집, 옷, 하는 일 등이 달랐어.

언어 2. 다음 중 이자겸이 한 일이 아닌 것은 무엇인가요? (   )

① 임금의 자리를 탐냈다.
② 예종에게 딸을 시집보냈다.
③ 인종에게 딸을 시집보냈다.
④ 척준경이라는 사람의 도움으로 왕의 자리에 올랐다.

논술 3. 왕의 자리를 탐내다가 체포된 이자겸에게 여러분이 직접 따끔한 충고를 해 주세요.

이자겸 아저씨, ...

....

....

....

체포된 이자겸은 전라남도 영광에 있는 법성포라는 포구*로 귀양*을 가게 되었어요. 그곳에서 이자겸은 지나온 시간을 되돌아보면서 쓸쓸한 나날을 보냈지요.

그러던 어느 날, 이자겸은 우연히 소금에 절여 맛있게 구운 생선 한 마리를 먹게 되었어요.

"아니, 이건 무슨 생선이기에 이리 맛있단 말이냐?"

그 생선은 영광 지역에서 나는 참조기를 소금에 절인* 뒤 바닷바람에 말려 오래 두고 먹는 것이었어요.

"이것을 임금님께도 보내 드리면 좋을 텐데……."

하지만 이자겸은 혹 죄를 용서해 달라고 부탁하는 것으로 비칠까 봐 두려웠어요. 한참을 망설이던 이자겸은 마침내 생선에 자신의 마음을 담아 이름을 붙였어요. 바로 '비굴하지 않다'라는 뜻을 가진 '굴비'였지요. 이때부터 영광에서 말린 참조기가 굴비라는 이름으로 불리게 되었답니다.

* **포구**: 배가 드나드는 곳 어귀.
* **귀양**: 고려·조선 시대에 죄인을 먼 시골이나 섬으로 보내어 일정 기간 동안 그곳에서만 살게 했던 형벌.
* **절이다**: 채소나 나물, 생선 따위에 소금이나 식초, 설탕 등이 배어들게 하다.

언어 1. 참조기를 말린 것을 '굴비'라고 합니다. 다음 중 '참조기-굴비'와 같은 관계로 짝 지어진 것은 어느 것인가요? (   )

▲ 명태

① 명태-동태
② 명태-멸치
③ 명태-북어
④ 명태-갈치

언어 2. 이자겸이 굴비를 임금님께 드려야 할지 망설인 까닭은 무엇인가요? (   )

① 임금님의 입맛에 맞지 않을까 봐
② 자신의 잘못을 용서해 줄 것 같아서
③ 용서해 달라고 부탁하는 것으로 비칠까 봐
④ 맛있는 굴비를 혼자 먹고 싶은 욕심이 생겨서

논술 3. 이자겸은 생선의 이름을 '비굴하지 않다'는 뜻으로 '굴비'라고 지었습니다. 여러분이라면 이 생선에 어떤 이름을 지어 임금님께 바쳤을지 상상해서 써 보세요.

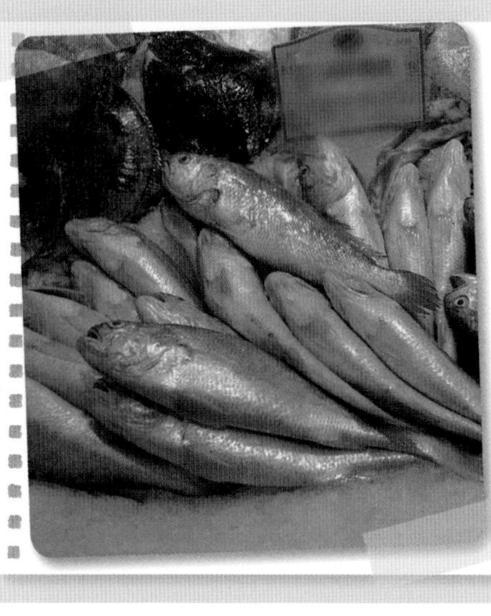

(1) 이름: ....

(2) 이름의 뜻: ....

4주 3일 학습 끝!
붙임 딱지 붙여요.

원래 참조기는 '기운을 돕는다'는 뜻을 가지고 있는 생선인 조기 가운데 하나예요. 그만큼 맛과 영양이 좋아 옛날부터 으뜸가는 생선 중 하나였지요. 굴비는 이 참조기를 소금에 절여서 만든 것이랍니다.

굴비 가운데에서도 전라남도 영광의 법성포 지역에서 나는 영광 굴비는 그 맛이 *일품이에요. 마치 도둑맞은 것처럼 밥을 순식간에 먹게 한다고 해서 '밥도둑'이라는 별명까지 붙어 있답니다.

영광 굴비가 이렇게 맛있는 데에는 몇 가지 이유가 있어요. 일단 영광 굴비는 법성포 앞 칠산 바다에서 잡히는 알이 꽉 찬 참조기로 만들어요. 또한 서해에서 불어오는 *짭조름한 바닷바람으로 말리고 오염되지 않은 물로 깨끗이 씻지요. 짜고 쓴맛이 빠진, 1년 이상 된 천일염으로 절이는 것 역시 영광 굴비의 맛을 더해 준답니다. 여기에 '영광 하면 굴비다'라는 영광 주민들의 *자긍심까지 더해져 영광 굴비는 더욱 맛이 있어요.

영광 굴비, 생각만 해도 침이 꼴깍 넘어가지요?

* **일품**: 품질이나 상태가 제일감.
* **짭조름하다**: 조금 짠맛이 있다.
* **자긍심**: 스스로에게 긍지를 가지는 마음.

과학 탐구 **1. 다음 중 바다에서 사는 조기에 대한 특징이 아닌 것은 어느 것인가요? ( )**

① 아가미로 호흡한다.
② 새끼를 낳아 번식한다.
③ 지느러미와 비늘이 있다.
④ 몸의 형태는 앞이 곡선이고 뒤로 갈수록 뾰족한 유선형이다.

언어 **2. 영광 굴비를 바르게 소개하지 못한 친구에게 ✕표를 하세요.**

(1) 알이 꽉 찬 참조기를 1년 이상 된 천일염으로 절여요.

( )

(2) 서해에서 불어오는 짭조름한 바닷바람으로 정성껏 말려요.

( )

(3) 영광 주민들은 영광 굴비가 맛있다고 생각하지만, 이것에 대한 긍지는 없어요.

( )

논술 **3. 영광 굴비는 밥도둑이라는 별명을 가지고 있을 만큼 맛이 좋습니다. 그렇다면 여러분에게 '밥도둑'이 되는 음식은 무엇인지 보기 와 같이 소개해 보세요.**

보기 나에게 밥도둑은 구운 김이다. 들기름을 바르고 고운 소금을 뿌려 살짝 구운 김은 매우 맛있어서 밥 한 공기를 뚝딱 비우게 한다.

보고 싶은 지후에게

지후야, 막냇삼촌이야. 잘 지내니? 지후가 멀리 이사를 가서 삼촌도 많이 섭섭하구나. 오랜만에 지후 얼굴이 보고 싶은데 삼촌이 있는 강원도 횡성으로 놀러 오지 않을래? 다음 주에 '횡성 한우 축제'가 열리거든. 횡성 하면 한우가 유명하잖니.

왜 횡성 한우가 유명하냐고? 한우를 키우려면 날씨가 적당히 서늘해야 하고 공기도 맑고 풀도 신선해야 하는데 횡성은 그런 조건을 두루 갖춘 곳이거든.

게다가 소를 넓은 곳에 풀어 놓고 키워서 소가 운동을 많이 하기 때문에 고기 맛이 더욱 좋단다. 무엇보다 한우를 사랑으로 키우는 주민들의 정성과 축협이나 군청, 연구소 등의 노력이 어우러져 더 맛있는 한우가 나올 수 있단다. 이런, 삼촌이 횡성 한우 자랑을 너무 오래 했구나.

아무튼 지후야, 조만간 엄마 아빠와 함께 꼭 놀러 오렴. *우시장도 구경하고 둘이 먹다 하나가 죽어도 모를 만큼 맛있는 한우 고기도 많이 먹자꾸나. 그때 만나.

20○○년 ○월 ○○일

막냇삼촌이

* **우시장**: 소를 사고파는 시장.

사회 탐구 1. 다음에서 설명하고 있는 것이 무엇인지 이 글에서 찾아 쓰세요.

이것은 우리나라에서 예전부터 전하여 내려온 소의 한 품종이다. 체질이 강하고 성질이 온순하며, 고기 맛이 좋다. 우리나라에서는 예전부터 이것을 농사, 운반 따위의 일에 이용하였다.

(   )

언어 2. 횡성에서 나는 한우의 맛이 다른 지역보다 좋은 이유가 아닌 것은 무엇인가요? (   )

① 공기가 맑고 깨끗하다.
② 날씨가 적당히 서늘하다.
③ 시원한 바닷바람이 불어온다.
④ 소들이 먹는 풀이 신선하다.

논술 3. 여러분 지역의 자랑거리를 보기 처럼 마스코트를 만들어서 널리 알려 보세요.

보기

저는 횡성군에서 유명한 한우예요. 공기 좋고 물 맑은 곳에서 신선한 풀만 먹고 사는 일등 한우이지요. 저를 만나러 빨리 오세요.

마스코트를 그리세요!

04 보성 녹차

막냇삼촌께

삼촌, 다음 주에 횡성 한우 축제에 가게 되었어요. 오랜만에 삼촌도 보고 맛있는 한우 고기도 먹는다고 생각하니 벌써부터 마음이 설레요.

저희가 이사 온 전라남도 보성군 도강 마을은 녹차로 유명해요. 아버지 말씀이 우리나라 녹차의 약 40퍼센트가 이곳에서 생산된대요. 산비탈마다 온통 녹차를 만들 수 있는 푸른 차나무밭이어서 마을 모습도 정말 아름다워요. 봄에 녹차 축제가 열릴 때에는 마을이 관광객들로 꽉 찬대요.

보성 녹차가 맛과 향이 좋은 이유는 이 지역이 차나무가 잘 자랄 수 있는 환경을 갖추었기 때문이래요. 밤과 낮의 기온 차가 크고 남해와 마을 앞 저수지 덕분에 물을 충분히 얻을 수 있으며 물도 잘 빠지거든요.

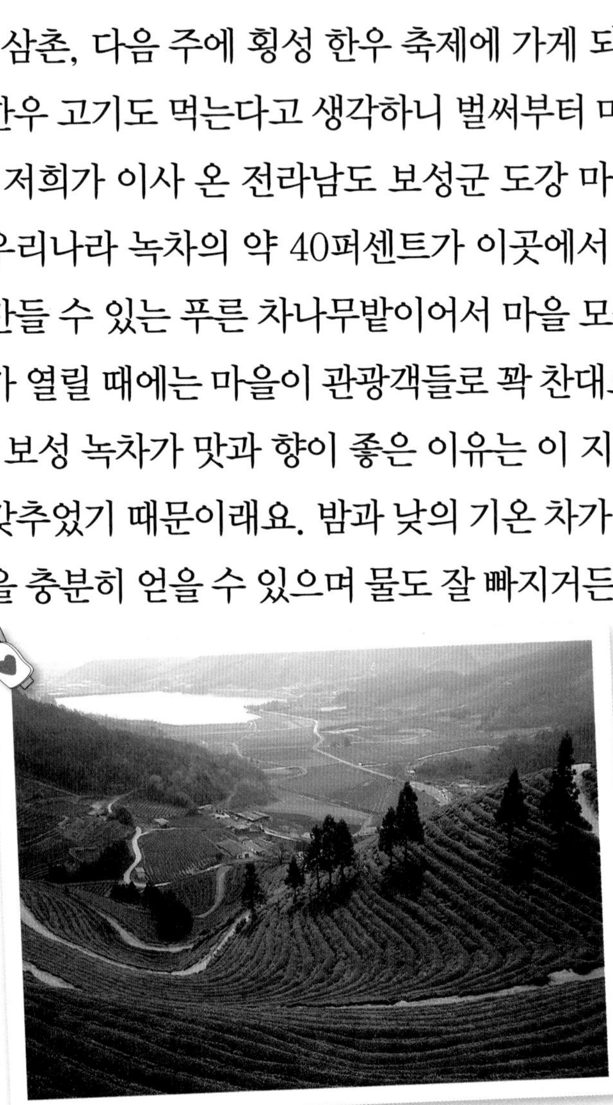

참, 녹차는 두 번째 *우린 맛이 제일인 거 아시죠?

삼촌, 그럼 다음 주에 뵐게요. 안녕히 계세요.

20○○년 ○월 ○○일

예쁜 조카 지후 올림

* 우리다: 어떤 물건을 액체에 담가 맛이나 빛깔 따위의 성질이 액체로 빠져나오게 하다.

사회 탐구 1. 다음은 무엇에 대한 설명인지 이 글에서 찾아 쓰세요.

▲ 차나무잎

- 이것은 차나무의 어린잎을 뜨겁게 가열한 다음 건조시킨 찻잎이나 그 찻잎을 물로 우려낸 것이다.
- 이것은 나쁜 냄새를 없애 주고 피부를 진정시켜 주며 살균 작용도 한다.
- 이것을 처음으로 만든 나라는 중국과 인도이다.

(　　　　　)

사회 탐구 2. 이 글에 나타난 도강 마을에서 볼 수 없는 것은 무엇인가요? (　　　　)

① 
공장 지대

② 
남해

③ 
차나무밭

④ 
저수지

논술 3. 녹차를 이용해 새로운 것을 만들어 보려고 합니다. 녹차로 만들 수 있는 음식이나 물건 등을 자유롭게 상상하여 보기 처럼 써 보세요.

보기 녹차 책을 만들고 싶다. 책을 펼칠 때마다 녹차 향이 나서 기분이 상쾌해지기 때문이다.

4주 4일 학습 끝!
붙임 딱지 붙여요.

되돌아봐요

다음은 각 지역의 대표적인 특산물을 나타낸 지도입니다. 그림을 보고 물음에 답하여 보세요.

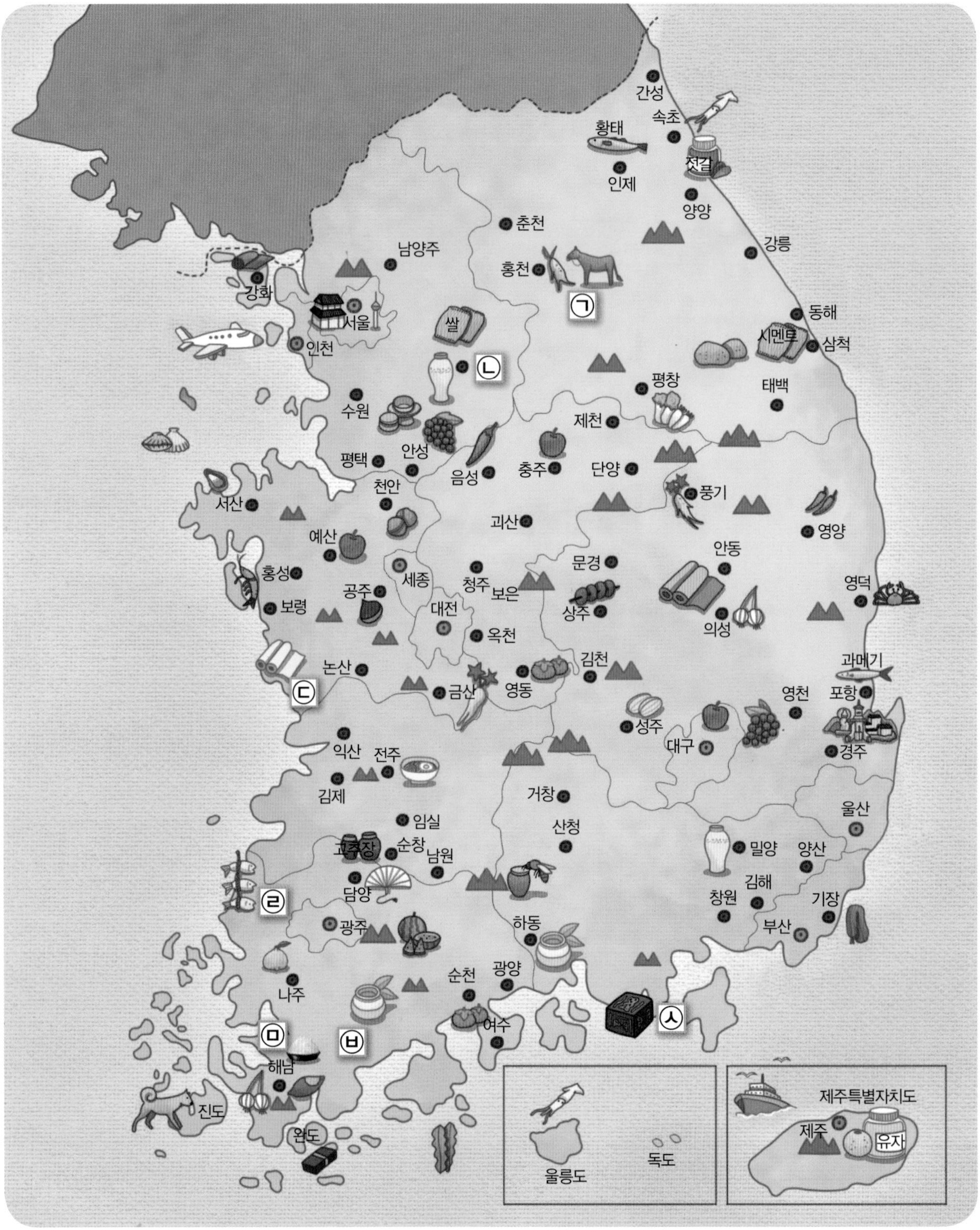

1 ㉠~㉦에 위치한 지역의 특산물과 지역 이름을 바르게 줄로 이어 보세요.

(1) 	천일염 •	• ㉠	횡성
(2) 	녹차 •	• ㉡	이천
(3) 	굴비 •	• ㉢	서천(한산)
(4) 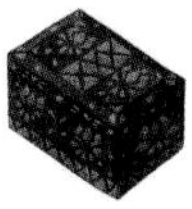	나전 칠기 •	• ㉣	영광
(5) 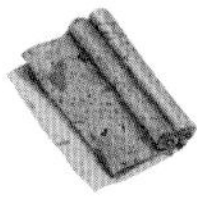	모시 •	• ㉤	신안
(6) 	한우 •	• ㉥	보성
(7) 	도자기 •	• ㉦	통영

2 특산물 지도를 참고하여 아래에 제시된 지역의 특산물을 써 보세요.

지역	특산물	지역	특산물
(1) 충청남도 공주		(2) 대구광역시	
(3) 경상북도 상주		(4) 경상북도 울릉도	

3 특산물 지도를 참고하여 이 글에서 소개된 것 외에 여러분이 잘 알고 있는 특산물을 소개해 보세요. 그 특산물이 유명해진 까닭이나 특성, 얽힌 이야기 등을 써 보세요.

소개하는 글을 다양한 형식으로 써 봐요

1. 소개하는 글이란 무엇인가요?

글쓴이가 새롭게 알게 된 내용이나 다른 사람이 모르는 내용, 재미있거나 중요한 내용 등을 다른 사람에게 알려 주기 위해 쓴 글입니다.

2. 소개하는 글은 어떤 방법으로 쓰나요?

소개하는 글을 쓸 때에는 무엇보다 읽을 사람이 알고 싶어 하는 내용이나 궁금해하는 내용을 소개해야 합니다. 또 여러 가지 내용 중에서 꼭 알아야 할 것을 자세히 소개합니다.

소개하려는 내용을 잘 알 수 있도록 항목을 나누어 자세히 소개하는 것이 좋아요. 알맞은 그림이나 사진을 넣으면 더욱 좋지요.

3. 소개하는 글을 쉽고 재미있게 쓰려면?

소개하는 글의 일반적인 형태에서 벗어나 친구에게 편지를 쓰듯이 글을 쓰거나 안내문 형식으로 쓸 수 있어요. 또 재미있는 그림이나 사진을 넣어 광고문 형식으로 소개할 수도 있고, 신문 기자가 되어 기사문 형식으로 소개할 수도 있지요.

4. 여러 가지 형식으로 쓴 소개하는 글

편지글 형식

받는 사람(읽을 사람)이 정해져 있으므로 상대에 알맞은 표현을 써야 해요.

편지글 형식에 맞추어 써야 해요. 즉, '받을 사람-첫인사-하고 싶은 말-끝인사-쓴 날짜-쓴 사람'이 드러나야 해요. 하고 싶은 말 부분에 소개하는 내용을 자세히 씁니다.

보고 싶은 지후에게

지후야, 막냇삼촌이야. 잘 지내니? 지후가 멀리 이사를 가서 삼촌도 많이 섭섭하구나. 오랜만에 지후 얼굴이 보고 싶은데 삼촌이 있는 강원도 횡성으로 놀러 오지 않을래? 다음 주에 '횡성 한우 축제'가 열리거든. 횡성 하면 한우가 유명하잖니.

왜 횡성 한우가 유명하냐고? 한우를 키우려면 날씨가 적당히 서늘해야 하고 공기도 맑고 풀도 신선해야 하는데 횡성은 그런 조건을 두루 갖춘 곳이거든.

게다가 소를 넓은 곳에 풀어 놓고 키워서 소가 운동을 많이 하기 때문에 고기 맛이 더욱 좋단다. 무엇보다 한우를 사랑으로 키우는 주민들의 정성과 축협이나 군청, 연구소 등의 노력이 어우러져 더 맛있는 한우가 나올 수 있단다. 이런, 삼촌이 횡성 한우 자랑을 너무 오래 했구나.

아무튼 지후야, 조만간 엄마 아빠와 함께 꼭 놀러 오렴. 우시장도 구경하고 둘이 먹다 하나가 죽어도 모를 만큼 맛있는 한우 고기도 많이 먹자꾸나. 그때 만나.

20○○년 ○월 ○○일

막냇삼촌이

안내문 형식

영광 굴비

참조기만을 골라 만든
영광 굴비는
영양이 풍부하고 맛이 좋아
예로부터 밥도둑이라 불렸습니다.
전통의 영광 굴비를
널리 알리고자 간단히 소개합니다.

왜 영광 굴비인가?

- 법성포 앞바다에서 잡은 알이 꽉 찬 참조기만을 이용하기 때문이다.
- 깨끗한 물로 씻어 1년 이상 된 천일염으로 절이기 때문이다.
- 서해에서 불어오는 바람으로 자연적으로 말리기 때문이다.
- 굴비에 대한 법성포 지역 주민의 자긍심이 담겨 있기 때문이다.

필요한 경우 그림이나 사진을 넣어 설명해요.

알리고 싶은 내용을 간단히 줄여 설명해요.

기사문 형식

○○일보 20○○년 ○월 ○○일 ○요일

명품 소금, 신안군 천일염 불티나

방사능 유출로 인한 바다 오염이 소비 심리 자극

2011년 일본 대지진 이후 소금이 불티나게 팔리고 있다. 일본의 원자력 발전소 폭발로 방사능이 유출되면서 바다가 심각하게 오염될 것을 걱정하여 미리 소금을 사 두려는 마음이 커졌기 때문이다.

기사문은 '언제, 어디서, 누가, 무엇을, 어떻게, 왜'라는 내용이 잘 드러나게 쓰는 글이에요. 그러므로 기사문 형식의 소개하는 글도 이와 같은 특징을 잘 살려서 써야 해요.

광고문 형식

고려 인삼의 원산지 강화도 인삼!
6년 근 인삼으로 더욱 유명한 강화도 인삼!

한 뿌리 한 뿌리에
우리 가족의 건강을 담으세요.
귀한 분께 선물하면 더욱 좋아요!

소개하려는 내용을 광고문 같이 사람들의 기억에 오래 남도록 써요.

이 글에서 설명한 것 이외에 소개하는 글을 재미있게 쓸 수 있는 방법을 써 보세요.

내가 할래요

지역 축제 초대장을 만들어 봐요

다음은 '안동 국제 탈춤 페스티벌'을 소개하는 글입니다. 이 글의 내용을 바탕으로 사람들을 안동 국제 탈춤 페스티벌에 초대하는 초대장을 멋지게 만들어 보세요.

경상북도 안동은 하회탈로 유명한 곳입니다. 안동에서 열리는 국제 탈춤 페스티벌은 우리나라의 대표적인 축제 중 하나이지요. 세계 문화유산으로 지정될 만큼 우리나라 전통의 아름다움을 고스란히 간직하고 있고, 신명 나는 탈춤의 세계를 체험할 수 있는 대표적인 행사예요.

안동 국제 탈춤 페스티벌은 해마다 9월 말~10월 초에 열흘 정도 열려요. 매해 새로운 주제로 진행되지요. 안동 시내와 탈춤 공원, 하회 마을 등에서 국내외 탈춤 공연단 공연, 하회 별신굿 탈놀이, 화려한 행진 등 다채로운 행사가 펼쳐집니다.

▲ 하회탈

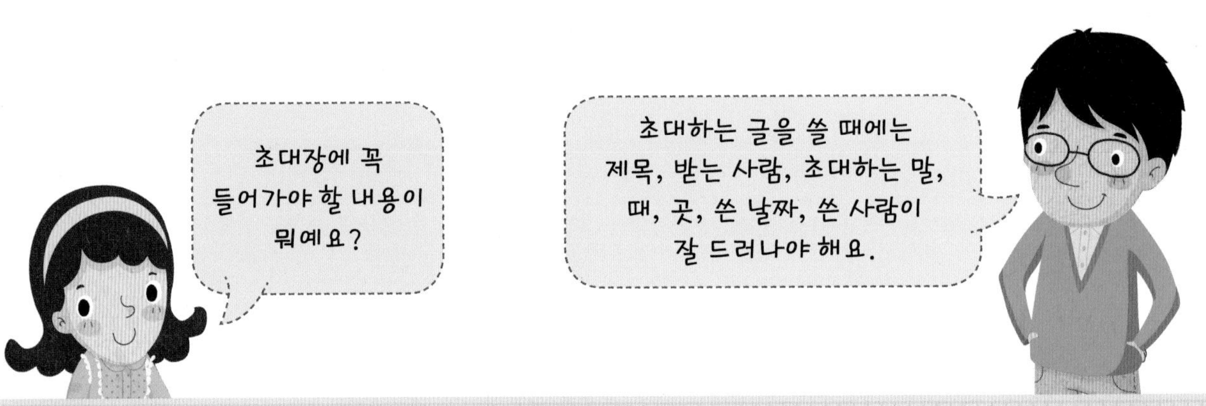

확인할 내용	잘함	보통임	부족함
1. 이번 주 학습을 5일(월요일~금요일) 안에 끝마쳤나요?			
2. 각 지역의 특산물과 특징을 잘 이해했나요?			
3. 다양한 형태의 소개하는 글을 쓸 수 있나요?			
4. 우리 지역의 특산물을 소개하는 글을 쓸 수 있나요?			

제목

받는 사람

초대하는 말

때

곳

쓴 날짜

쓴 사람

▲ 하회 별신굿 탈놀이

전하는 말

4주 5일 학습 끝!

붙임 딱지 붙여요.

1주 준치가 메기 된 날

1주 11쪽 생각 톡톡

예 푸근하면서도 따뜻한 느낌이 든다.

1주 13쪽

1 ④ 2 경기도, 충청남도, 전라북도, 전라남도 3 예 (1) 박규석은 나와 유치원을 같이 다닌 친구예요. (2) 덩치가 산만큼 크고 무뚝뚝하지만 나를 즐겁게 해 주었기 때문이에요.

2 지도를 참고하여 서쪽 바다와 맞닿은 '도'들을 찾아봅니다.

3 보고 싶은 사람을 생각하며 보고 싶은 이유를 써 봅니다.

1주 15쪽

1 ①, ②, ④ 2 ③ 3 예 서울에 있는 친구들이 보고 싶어. / 학교와 친구들이 너무 낯설어서 친해지기가 어려워. / 아무도 내 마음을 모르는 것 같아.

1 먼 곳에 있는 사람과 의사소통하는 도구로는 편지, 전화, 인터넷 등이 있습니다. 병에 쪽지를 넣어 띄워 보내는 것은 목적지에 도착할 확률이 적어 의사소통을 제대로 하기 힘듭니다.

3 글을 잘 이해하려면 등장인물의 마음을 깊게 헤아려야 합니다.

1주 17쪽

1 ③ 2 (1) ㉠ (2) ㉢ (3) ㉡ 3 예 (1) 기가 막히다. / 반 아이들이 전보다 밉다. (2) 반 아이들과 놀지 않을 것이다. / 반 아이들이 싫다.

3 각 상황에서 등장인물의 마음이 어떠했을지 생각해 봅니다.

1주 19쪽

1 ② 2 ① 3 예 마음이 통할 것 같은 친구를 정한 뒤, 먼저 다가가서 마음을 열고 이야기할 것이다.

2 바닷물이 밀려 들어와 해수면이 높아지는 것을 '밀물', 반대로 바닷물이 밀려 나가 해수면이 낮아지는 것을 '썰물'이라고 부릅니다.

1주 21쪽

1 ④ 2 ① 3 (1) 명희 (2) 예 진철이는 자신이 생각하는 것을 분명하게 전달하지 않았고, 연수는 자신의 생각만 말할 뿐 그 이유를 밝히지 않았다. 하지만 명희는 자신이 생각하는 바와 그 이유를 분명하게 전달했다.

3 조리 있게 말하려면, 자신의 생각과 그 까닭을 잘 나타내야 합니다.

1주 23쪽

1 부끄러움, 서운함, 억울함 2 ③ 3 예 혹시 아이들이 나 때문에 졌다고 생각할까 봐 걱정되었어. 그리고 두 번째 경기 때 내가 피구를 얼마나 잘하는지 보여 주고 싶었어.

3 윤하는 첫 번째로 퇴장을 당한 뒤 창피함, 서운함과 함께 오기가 생겼습니다. 윤하의 마음이 잘 전달되도록 빈칸에 써 봅니다.

1주 25쪽

1 (1) ○　2 ④　3 해설 참조

2 물체는 헝겊, 금속, 플라스틱, 나무, 가죽 등 다양한 물질로 만들어집니다.

3

1주 27쪽

1 ②　2 ③, ④　3 예 (1) 양팔 권법 (2) 양팔을 벌리며 공을 피하고 있어서

2 전기뱀장어, 미꾸라지는 강에서 사는 민물고기이고, 바지락, 달랑게는 갯벌에서 삽니다.

1주 29쪽

1 ④　2 ③　3 예 오늘 낮에 내가 던진 공에 맞아 많이 아팠지? 너를 다치게 할 생각은 아니었는데, 이기고 싶은 마음에 내가 공을 너무 세게 던졌나 봐. 정말 미안해. 사과의 의미로 나중에 우리 칼국숫집에 오면 칼국수 한 그릇 공짜로 줄게.

3 쪽지는 상대방에게 나의 마음을 짧고 간단하게 전하는 글입니다. 윤하가 진수에게 어떤 마음을 전하고 싶을지 잘 생각해 봅니다.

1주 31쪽

1 ④　2 (1) ㉢ (2) ㉡ (3) ㉠　3 해설 참조

3

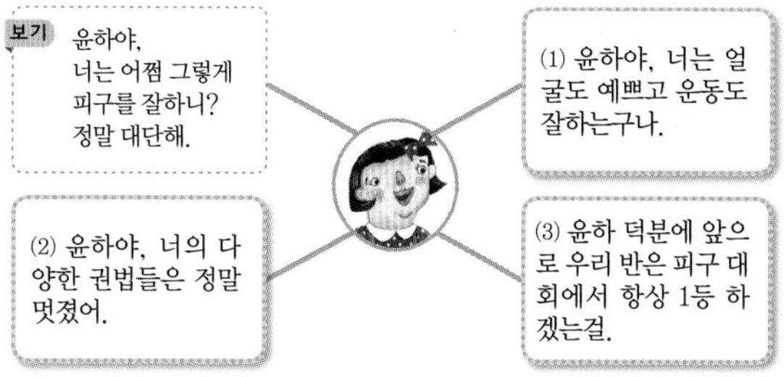

1주 33쪽

1 ①　2 ②　3 (2) 물이 끓으면 냄비 안에 라면과 스프를 넣고 다시 한번 끓인다. (3) 라면이 익으면 송송 썬 파를 넣는다. (달걀을 넣을 수도 있다.) (4) 잘 익은 라면을 그릇에 담아 김치와 함께 내놓는다.

2 물을 끓이면 불이 가지고 있는 열에너지가 물에 전달됩니다.

1주 35쪽

1 ②, ④　2 ④, ①　3 예 갑자기 아이들이 나를 좋아하기 시작했고, 친구들과 처음으로 주꾸미 먹물 라면과 게 라면이라는 신기한 것도 먹게 되었다. 친구를 사귀는 게 이렇게 즐거운 줄 알았다면 일찌감치 마음의 문을 열고 친구들과 놀았을 텐데……. 친구들과 만날 내일이 기대된다.

3 윤하의 마음이 어떻게 변화하였는지 잘 드러나도록 일기를 써 봅니다.

1주 36~37쪽 되돌아봐요

1 (1) 서울에서 살던 윤하는 부모님을 따라 서쪽 바다 마을로 이사를 갑니다. 그리고 그곳의 학교로 전학을 갑니다. (4) 체육 시간에 윤하네 반과 1반이 피구 대회를 하였습니다. (6) 윤하는 친구들의 호감을 사게 되고, 새 친구들을 사귀었습니다.
2 예 (1) 상훈이와 선영이, 명규와 아령이가 윤하에게 라면을 먹으러 가자고 하는 장면 (2) 새 친구들에게 마음을 열지 못했던 윤하가 처음으로 새 친구들과 어울렸기 때문에 3 예 (1) 카메라 (2) 새 친구를 사귀었으니 앞으로 친구들과 사진도 많이 찍고 서쪽 바다의 멋진 풍경도 많이 찍으며 행복하게 지내라고.

1주 39쪽 궁금해요

예 나는 보령 천북 굴 축제에 가고 싶다. 왜냐하면 내가 좋아하는 굴을 실컷 먹고 싶기 때문이다.

1주 41쪽 내가 할래요

예 홍성 남당항 대하 축제에 초대합니다. (제목) / 얘들아, 나 윤하야. 너희들 혹시 '홍성 남당항 대하 축제'에 대해 알고 있니? 잘 모르지? 그래서 내가 이번에 너희를 서해안 최고의 축제인 '홍성 남당항 대하 축제'에 초대하려고 해. 둘이 먹다 하나가 죽어도 모르는 맛있는 대하 먹으러 우리 마을로 오지 않을래? 오랜만에 얼굴도 보고 맛있는 것도 먹자. / 때: 9월 11일~28일 / 장소: 충청남도 홍성 남당항 / 오는 길: 홍성 남당항 대하 축제 사이트 참고 / 윤하가

2주 강릉의 딸, 겨레의 어머니 신사임당

2주 43쪽 생각 톡톡

예 사방이 뚫려 있어서 자연과 벗할 수 있으므로 마음이 넉넉하고 자유로운 성품을 가지고 있을 것 같다.

2주 45쪽

1 ②, ③ 2 ④ 3 예 나는 인사를 잘해요. 이웃 어른들께 인사성이 밝다고 칭찬을 들어서 부모님을 기쁘게 해 드린답니다.

3 여러분의 장점은 무엇인지 잘 떠올려 보고 그 장점이 어떤 점에서 부모님을 기쁘게 하는지 생각해 봅니다.

2주 47쪽

1 강릉시 2 (2) ○ 3 예 남자와 여자는 모두 똑같은 사람이므로 사회 활동에 차별을 두는 것은 불공평하다. / 남자와 여자는 신체 조건과 잘할 수 있는 일이 다르므로 활동 분야에 차이가 있을 수는 있어도, 사회 활동을 하는 것에 대해 남녀를 차별하는 것은 바람직하지 못하다.

1 강원도는 18개 시·군으로 구분되어 있습니다.

3 사회 활동에 남녀를 차별하는 것이 공평한지 여러분의 입장을 정리해 봅니다.

2주 49쪽

1 (1) ○ 2 예 (1) 큰 뜻 (2) 늘 큰 뜻을 품고 큰일을 하며 살겠다는 뜻에서

1 안견은 조선 초기의 화가로 자연의 경치를 그린 산수화에 뛰어났습니다. '몽유도원도'는 세종의 셋째 아들인 안평 대군이 꾼 꿈을 듣고 안견이 그린 것입니다. (2)의 그림은 산수화에 뛰어났던 조선 후기 작가인 겸재 정선의 작품입니다.

2 옛날에는 이름 말고도 '자'와 '호' 같은 여러 가지 호칭이 있었습니다. 이름은 어릴 때 부르는 호칭이고, '자'는 성인 남자에게 격식을 갖추어 부르는 호칭이며, '호'는 일종의 애칭이자 별칭입니다. '자'와 '호'는 관직에 나갈 수 있는 남자들만 가질 수 있었습니다.

2주 51쪽

1 ② 2 (2) X 3 예 나는 얼굴도 모르고 결혼하는 것에 반대한다. 왜냐하면 내가 사랑하는 사람과 결혼해야 어려움들을 기쁘게 견뎌 낼 수 있기 때문이다.

1 우리 조상들이 중요하게 여겼던 네 가지 의식을 '관혼상제'라고 합니다. 관례는 어른이 될 때 올리는 의식이고, 혼례는 남녀가 부부가 되는 의식이며, 상례는 사람이 죽으면 치르는 의식입니다. 또한 제례는 조상이 돌아가신 날에 치르는 의식입니다.

3 먼저 찬성하는지 반대하는지 입장을 정하고, 그렇게 생각한 까닭을 써 봅니다.

2주 53쪽

1 ②, ④ 2 (1) 사모 (2) 족두리 3 예 (1) 이불 (2) 항상 사이좋게 한 이불을 덮고 자겠다는 뜻이다.

1 신랑과 신부가 혼례 후 사흘 정도 신붓집에 머물다가 시댁으로 가는 것을 '신행'이라고 합니다. 또한 시댁에 도착해 신부가 어른들께 큰절 올리는 것을 '폐백'이라고 합니다.

3 신랑, 신부가 평생 동안 사이좋게 살겠다는 뜻을 나타낼 수 있는 물건을 생각해 봅니다.

2주 55쪽

1 ② 2 (1) 초례청(신붓집 마당) (2) 신랑: 사모관대 / 신부: 원삼, 족두리 (3) 없다 3 예 (1) 부탁을 들어주었을 것이다. (2) 평생을 같이 있겠다는 것도 아니고 잠시만 함께 있게 해 달라는 것이기 때문이다.

3 이원수의 처지나 시대 상황 등을 고려하여 판단해 봅니다.

2주 57쪽

1 ② 2 ④ 3 예 (1) 세상을 밝히는 빛과 같은 훌륭한 인물이 태어날 것임을 알려 주는 것이다. (2) 휘황찬란한 빛과 사내아이가 함께 등장했기 때문이다.

1 꿈에 동해 바닷가를 거닐었으므로, 어촌의 그림지도를 찾아야 합니다.

3 꿈에 나타난 일을 풀어서 좋고 나쁨을 판단하는 것이 '해몽'입니다. 휘황찬란한 빛, 아리따운 선녀, 백옥 같은 아이 등이 어떤 의미를 가질지 짐작하여 써 봅니다.

2주 59쪽

1 ③ 2 ② 3 예 바닥에 떨어져 있는 보석을 한 바구니 줍는 꿈이었다. (예시 그림 생략)

1 ①은 조선 시대 왕실의 사당인 종묘입니다. ③의 아파트는 도시화가 되어 많은 사람들이 도시에 모여 살면서 생긴 주거 형태입니다.

3 만약 자기 태몽이 없었다면 다른 가족들의 태몽에 대해서 써도 좋습니다.

2주 61쪽

1 (1) ○ 2 ① 3 예 (1) 김빛나(한자: 金－－) (2) 보석처럼 빛나라는 뜻이 담겨 있다.

3 부모님이 어떤 뜻을 담아 여러분의 이름을 지었는지 알아봅니다.

2주 63쪽

1 ③ 2 ③ 3 예 살아 있는 모든 생물들은 아름답다.

2 ①은 신사임당의 '산차조기(꽃 이름)와 사마귀', ②는 김홍도의 '서당', ③은 신사임당의 '수박과 들쥐', ④는 신윤복의 '월하정인'입니다.

2주 65쪽

1 ② 2 (2) ○ 3 예 어머님, 혼자 계시더라도 끼니 거르지 마시고 건강하셔야 해요.

2 도로 교통수단은 '말·가마 → 수레 → 가솔린 자동차 → 전기 자동차'의 과정으로 발달하였습니다.

2주 67쪽

1 ① 2 ③ 3 예 어린 강아지를 집에 두고 / 외로이 학교로 떠나는 이 마음 / 돌아보니 우리 집은 높게도 서 있는데 / 어디선가 멍멍 소리가 들리는 듯하네.

1 미시령, 한계령, 진부령, 대관령은 모두 태백산맥을 넘는 주요 교통로였습니다. 그중 대관령 고갯길은 율곡 이이가 한성으로 과거 시험을 보러 가는 날 곶감 100개를 들고 굽이를 지날 때마다 한 개씩 먹었는데, 대관령을 넘고 보니 아흔아홉 개를 먹고 한 개가 남아서 '아흔아홉 굽이'라는 말이 전해지고 있습니다.

3 여러분의 상황에 맞게 낱말 등을 바꾸어 써 봅니다.

2주 68~69쪽 되돌아봐요

1 ② 2 (1) ㉢ (2) ㉠ (3) ㉣ (4) ㉡ 3 ①, ⑤, ⑥, ③, ②, ④ 4 (1) 한성 (2) 강릉 (3) 대관령 5 예 신사임당은 그림을 잘 그렸고, 아이들도 잘 키웠으며 효심도 깊었다.

2주 71쪽 궁금해요

예 (1) 경상북도 영주시 (2) 영주 소수 서원(우리나라 최초의 서원), 영주 부석사 무량수전(우리나라에서 가장 오래된 목조 건축물) 등

2주 72~73쪽 내가 할래요

1 예 신사임당은 강릉의 자랑스러운 인물입니다. 그림, 글씨, 자수 등 다방면에 뛰어난 예술가였으며, 학식 또한 뛰어나 조선 시대를 대표하는 학자인 율곡 이이를 길러 냈습니다. 2 예시 그림 생략

2 신사임당이 되어 그림을 그려 봅니다.

3주 우리나라 풀꽃 이야기

3주 75쪽 생각 톡톡

예 줄기 끝의 모양이 복슬복슬한 강아지 꼬리를 닮아서 붙여진 이름이라고 생각한다.

3주 77쪽

1 (1) 잎맥 (2) 잎자루 2 ① 3 예 (1) 보라방울꽃 (2) 꽃이 예쁜 보라색 방울을 닮아서

1 잎살 안에 있는 그물 모양의 조직을 '잎맥'이라고 하고, 잎몸을 가지나 줄기에 붙게 하는 꼭지 부분을 '잎자루'라고 부릅니다.

2 비비추는 뿌리에서 바로 잎자루가 나와 잎이 자랍니다.

3 꽃의 생김새나 특징을 잘 살펴보고 그에 알맞은 이름을 붙여 봅니다.

3주 79쪽

1 꽃받침 2 ④ 3 (2) 신라 시대 (3) 어느 마을에서 (4) 자신의 아버지를 대신하여 변방으로 간 청년을 (5) 집 마당에 핀 비비추꽃을 보며 기다렸다. (6) 고맙고 사랑하기 때문에 / 기다리겠다고 약속하였기 때문에

1 비비추에는 꽃받침이 없습니다. 이렇듯 꽃잎, 꽃받침, 암술, 수술 중 하나라도 없으면 '안갖춘꽃'이라고 합니다. 모두 가지고 있으면 '갖춘꽃'입니다.

3 비비추에 전해 오는 옛이야기를 '언제, 어디서, 누가, 무엇을, 어떻게, 왜'라는 육하원칙에 맞게 간단히 정리해 봅니다.

3주 81쪽

1 ② 2 어긋나기 3 예 안녕? 만나서 반가워. 네가 너무 작아서 하마터면 나는 너를 밟거나 못 보고 지나갈 뻔했단다. 작지만 씩씩하게 꽃을 피우는 네 모습이 참 대견해 보여. 너의 꿋꿋한 모습을 앞으로도 계속 응원할게.

2 줄기에 잎이 한 장씩 어긋나게 붙어 나므로 '어긋나기'에 해당합니다.

3 너무 작아 잘 보이지는 않지만 꿋꿋하게 꽃을 피우는 꽃마리를 보았다면 어떤 마음이 들지 상상하여 써 봅니다.

3주 83쪽

1 ① 2 ③ 3 예 주어진 행운을 지혜롭게 사용하는 네 모습이 참 멋졌어.

1 식물은 물 없이 살 수 없습니다.

3 리스베스는 어머니를 위해 꽃을 꺾으러 갔지만 꽃이 시들지 않게 하려고 앵초를 뿌리째 뽑았습니다. 그리고 보물의 성에 갔을 때에도 욕심을 부리지 않고 서둘러서 성 밖으로 나왔습니다.

3주 85쪽

1 ② 2 ② 3 예 잎은 연꽃이나 수련과 비슷하게 물 위에 떠 있다. 꽃잎은 다섯 장인데 가장자리에 작은 털이 복실복실 달려 있다.

1 앵초 꽃잎은 하트 모양이며 네다섯 장의 꽃잎이 하나로 뭉쳐 있습니다.

2 ①은 원뿌리와 곁뿌리의 구분이 뚜렷한 곧은뿌리이고, ②는 원뿌리와 곁뿌리의 구분이 없이 가는 뿌리들로 이루어진 수염뿌리입니다.

3 그림을 그리듯이 표현하는 것을 '묘사'라고 합니다. 어리연꽃을 그림을 그리듯 자세히 설명해 봅니다.

3주 87쪽

1 ② 2 갈래꽃 3 예 (1) 그리움과 기다림 (2) 쑥부쟁이는 옛날 한 처녀가 사랑하는 청년을 기다리다가 그 사랑을 이루지 못하고 죽은 자리에서 피어난 꽃이기 때문이다.

3 쑥부쟁이라는 풀꽃에 얽힌 이야기는 기다림, 그리움, 사랑의 상처 등과 관계가 깊습니다. 이를 바탕으로 꽃말을 지어 봅니다.

3주 89쪽

1 ④ 2 ① 3 예 (1) 줄기로 피리를 만들어 불면 고운 소리가 나서 소리쟁이라고 불렀을 것이다. (2) 꽃잎이 깽깽 소리를 내는 개의 입을 닮아서 깽깽이풀이라고 불렀을 것이다.

1 나팔꽃도 강낭콩과 마찬가지로 꼬투리가 말라 터지면서 씨가 퍼집니다. 이 외에도 동물의 몸이나 털에 붙어서 씨를 퍼뜨리거나, 물 위에 떠서 씨를 퍼뜨리는 식물이 있습니다.

3 소리쟁이와 깽깽이풀이라는 풀꽃 이름을 처음 접했을 때 그 이름만으로 떠올랐던 생각을 정리해 봅니다.

3주 91쪽

1 (1) 싹 (3) 꽃 (4) 열매 2 (2) X (4) X 3 예 (1) 식물도감, 백과사전 (2) 식물도감에는 식물에 대한 내용이 잘 정리되어 있고, 사진도 함께 실려 있기 때문이다. 또한 백과사전은 식물도감에서 부족했던 내용들을 보충하는 데 도움이 된다.

1 식물은 씨를 뿌리면 싹이 트고 자라서 꽃이 피고 열매를 맺습니다.

3 식물에 대해 알아보려면 식물도감과 백과사전 등 여러 가지 사전을 이용할 수 있습니다. 어떤 목적으로 이용하는지를 살펴본 뒤 사전을 선택합니다.

3주 93쪽

1 ① 2 ④ 3 예 (1) 수선화 (2) 수선화는 내가 좋아하는 노란색의 꽃이 피며 꽃잎 모양이 별처럼 보여 예쁘기 때문이다.

1 ①은 부뚜막, ②는 불을 때는 아궁이, ③은 창문, ④는 항아리입니다.

3 여러분이 평소에 좋아하던 꽃이나 뭔가 특별한 이야기가 담겨 있을 것 같은 꽃, 혹은 자기와 겉모습이나 특징이 닮은 꽃 등을 소재로 생각해 봅니다.

3주 95쪽

1 ①, ②, ③ 2 광합성 3 예 꽃잎 위에 밥풀 모양의 하얀 무늬가 있을 것이다.

1 꽃며느리밥풀은 한 해만 피고 지는 한해살이풀입니다.

2 광합성은 물과 이산화 탄소가 햇빛을 만나 포도당과 산소를 만들어 내는 작용을 일컫습니다. 포도당은 곧 녹말로 바뀌지만, 녹말은 물에 녹지 않아서 식물의 몸속으로 이동할 때는 포도당으로 바뀝니다. 이후 줄기, 뿌리, 씨 등에 저장될 때에는 다시 녹말로 변합니다. 산소는 공기 중으로 날아갑니다.

3 '며느리밥풀'이 붙은 식물들은 모두 입술 모양의 꽃잎을 가졌고, 꽃잎 위에 밥풀 모양의 하얀 무늬가 있는 특징을 가지고 있습니다.

3주 97쪽

1 ① 2 (2) ○ (4) ○ 3 예 돌 틈에서도 싹을 틔워 꽃을 피우다니 민들레의 생명력은 정말 놀라워.

1 동물과 식물 모두 종류와 모습이 다양합니다.

3 민들레는 작은 틈새에서도 싹을 틔우고 꽃을 피웁니다. 그 모습에 대한 여러분의 느낌이나 생각을 정리하여 적어 봅니다.

3주 99쪽

1 (1) 명아주, 코스모스 (2) 나팔꽃 2 (1) 코 (2) 명 (3) 명 (4) 코 3 그림은 해설 참조 / 예 아파트 단지 안의 풀밭에서 괭이밥을 보았다. 괭이밥이라는 이름은 고양이가 소화가 잘 안 될 때 이 풀을 뜯어 먹어서 붙여진 이름이다. 괭이밥은 여름에 노란 꽃이 피면 더욱더 예쁘다.

1 나팔꽃은 감아 올라가는 줄기이고, 코스모스와 명아주는 곧게 뻗는 줄기입니다.

3 사는 곳에 따라 흔하게 볼 수 있는 풀꽃이 다를 것입니다. 각자 주변에서 많이 본 풀꽃을 떠올려 써 봅니다.

▲ 괭이밥

3주 100~101쪽 되돌아봐요

① 거품 ② 여인 ③ 깽깽이 ④ 행복 ⑤ 꽃대 ⑥ 소리 ⑦ 자주색 ⑧ 감자 ⑨ 스님 ⑩ 지팡이 ⑪ 행운 ⑫ 갓털 ⑬ 덩굴 식물 ⑭ 가을

● 꽃의 모양과 특징을 잘 살펴보고, 생각이 나지 않는 부분은 앞의 글에서 찾아 채워 봅니다.

3주 103쪽 궁금해요

예 풀의 줄기를 꺾어 피리를 만들 수 있다. / 풀꽃을 엮어 목걸이나 팔찌를 만들어 친구에게 선물할 수 있다. / 풀의 줄기를 엮어 뜨거운 냄비를 놓는 받침을 만들 수 있다.

● 우리 주변에서 풀을 이용해 만든 다양한 물건들을 찾아봅니다.

3주 104~105쪽 내가 할래요

● 만드는 방법을 참고하여 여러분만의 풀꽃 도감을 만들어 봅니다.

4주 지역 특산물을 소개해 봐요

4주 107쪽 생각 톡톡

예 감귤, 돌하르방, 한라산 등

4주 109쪽

1 (3) 틀 위에 자개를 아름답게 붙인다. (5) 광을 낸다. 2 옻 3 예 이것은 나무로 만든 상자에 고운 빛깔의 자개를 박아 꾸민 '나전 칠기'입니다. 아름다운 광택이 나며 자개의 무늬와 색깔이 매우 신비로운 느낌을 줍니다.

3 글을 참고하여 나전 칠기의 특징들을 간단히 정리하여 소개하는 글을 써 봅니다.

4주 111쪽

1 ④ 2 ③, ④ 3 예 나전 칠기는 경상남도에 있는 해인사 대웅전의 단청 빛깔만큼 아름답다.

1 조개껍데기나 굴 껍데기, 전복껍데기 등이 자기의 재료로 쓰입니다.

2 통영은 한국의 나폴리라고 불릴 만큼 바다 풍경이 아름답습니다. 그래서 나전 칠기뿐만 아니라 예술가들이 많이 배출된 곳으로도 유명합니다. 시인 유치환과 김춘수, 극작가 유치진, 작곡가 윤이상, 소설가 박경리 등이 이곳 통영 출신입니다.

3 여러분이 알고 있는 것 가운데 나전 칠기의 아름다움에 어울리는 것을 찾아봅니다.

4주 113쪽

1 고려청자 2 ② 3 예 고려청자는 푸른빛이 돌아 화려하면서도 기품이 있어 보이고, 조선백자는 하얀빛이 돌아 깨끗하면서도 위엄이 있어 보인다.

3 빛깔과 기법이 다르게 만들어진 두 도자기를 주의 깊게 감상하고, 그 느낌을 솔직하게 써 봅니다.

4주 115쪽

1 ② 2 ② 3 예 (1) 몸통이 불룩한 꽃병 (2) 꽃을 찾아온 나비들(그림은 해설 참조)

1 '형태 만들기' 과정은 점토를 물레에 올려 형태를 만들고 문양을 새기는 작업입니다.

3 만일 여러분이라면 어떤 모양으로 어떤 문양을 넣어서 도자기를 만들지 상상하여 그리고, 그것을 글로 써 봅니다.

4주 117쪽

1 ③ 2 ④ 3 예 (1) 식물의 껍질을 이용하여 만든 옷감이다. / 바람이 잘 통해 여름철 옷감으로 쓰인다. (2) 모시는 재배 조건이 까다롭지만, 삼베는 쉽게 재배할 수 있다. / 모시는 양반들이 즐겨 입었고, 삼베는 서민들이 즐겨 입었다.

3 재료와 특징, 입는 계절, 주로 사용한 계층 등을 비교해 보며 공통점과 차이점을 찾아봅니다.

4주 119쪽

1 ④ 2 ② 3 예 모시는 많은 사람들의 수고와 땀방울로 만들어진 옷감이다. / 모시는 만드는 데 시간이 많이 걸리는 옷감이다.

2 옷감을 짜는 기구는 베틀입니다.

3 좋은 모시를 만들기 위해 더위와 습기를 참아 낸 조상들의 정성을 생각해 봅니다.

4주 121쪽

1 ④ 2 ② 3 예 세계 수영 대회에서 1등을 한 선수가 여러 나라의 기자들과 인터뷰를 하느라 즐거운 비명을 지르고 있다.

1 기사문의 제목을 통해 중심 내용을 짐작해 봅니다. ①, ②, ③은 신안군 천일염의 특징입니다.

2 바닷물은 물과 소금이 섞인 혼합물입니다. 이 혼합물에서 소금을 얻으려면 햇빛과 같은 열을 이용해 물을 증발시켜야 합니다.

3 힘들지만 좋은 결과를 얻게 되는 일은 무엇이 있을지 생각해 봅니다.

4주 123쪽

1 ① 2 ④ 3 예 임금의 장인이면 임금이 백성을 잘 다스리도록 도와줘야지 왜 그렇게 욕심을 부리세요? 아저씨는 벌을 받고 반성을 하셔야 해요!

1 세종 대왕은 조선의 제4대 왕입니다.

2 척준경은 이자겸과 마음이 잘 맞는 사람이었으나, 사소한 일로 사이가 벌어져 결국 왕을 도와 이자겸을 무너뜨렸습니다.

3 이자겸이 잘못한 행동이 무엇인지 생각하여 이자겸에게 하고 싶은 말을 써 봅니다.

4주 125쪽

1 ③ 2 ③ 3 예 (1) 함께먹어(魚) (2) 맛있는 것을 함께 나누어 먹으려는 마음을 담은 '생선'이라는 뜻이다.

1 명태를 얼린 것이 동태, 명태를 말린 것이 북어입니다.

3 이자겸이 자신의 마음을 담아 지은 '굴비'는 비굴하지 않다는 뜻을 가진 이름입니다. 한자어든 고유어든 자유롭게 생각하여 조기에 여러분의 마음이 담긴 이름을 지어 봅니다.

4주 127쪽

1 ② 2 (3) X 3 예 돈가스이다. 노릇노릇하게 잘 익은 돈가스를 소스에 찍어 먹으면 밥 한 공기가 순식간에 사라진다.

1 새끼를 낳아 번식하는 것은 사람이나 곰, 호랑이 같은 포유류 동물들입니다.

3 밥도둑이란 맛이 매우 좋아 밥을 도둑맞은 것처럼 빨리 먹게 한다는 뜻입니다. 여러분이 매우 좋아하는 음식을 떠올리며 글을 지어 봅니다.

4주 129쪽

1 한우 2 ③ 3 예 예시 그림 생략 / 예 저는 전주에서 유명한 비빔밥이에요. 맛도 좋고 건강에도 좋은 여러 가지 나물들을 쓱쓱 비벼 먹으러 많이 많이 오세요.

3 '마스코트'는 행운을 가져온다고 믿어 간직하는 물건이나 사람입니다. 여러분이 사는 지역의 자랑거리를 생각하며 그것을 잘 보여 줄 수 있는 마스코트를 만들어 보고 자랑해 봅니다.

4주 131쪽

1 녹차 2 ① 3 예 녹차 신발을 만들고 싶다. 녹차 향 때문에 발 냄새가 나지 않을 것이기 때문이다.

2 글에 따르면, 보성의 도강 마을에서는 차나무 밭, 저수지, 남해 등을 볼 수 있습니다.

3 우리 주변에서 볼 수 있는, 녹차를 이용한 제품으로는 아이스크림, 화장품, 비누, 방향제 등이 있습니다. 여러분만의 독특한 녹차 제품을 상상해 봅니다.

4주 133쪽 되돌아봐요

1 (1) ⓜ (2) ⓑ (3) ⓡ (4) ⓢ (5) ⓒ (6) ㉠ (7) ㉡ 2 (1) 밤 (2) 사과 (3) 곶감 (4) 오징어 3 예 천안의 대표적인 특산물은 호두과자예요. 호두과자는 다른 지역에서 만들어 팔아도 '천안 호두과자'라고 할 만큼 천안 것이 유명해요. 천안 호두과자가 유명한 것은 천안에서 나는 호두가 껍데기는 얇고 알맹이가 커서 맛있기 때문이에요. 또한 천안에서 호두과자를 제일 먼저 만들었기 때문이기도 하지요. 달콤한 팥앙금에 호두가 듬뿍 들어 있는 천안 호두과자는 누구나 좋아하는 대표 간식입니다.

1 글을 통해 알게 된 각 지역의 특산물을 지도로 확인해 봅니다.

3 특산물 지도에는 지역 이름과 특산물 그림이 함께 실려 있습니다. 특산물 지도를 활용하여 여러분이 좋아하거나 잘 아는 특산물을 소개하는 글을 써 봅니다.

4주 135쪽 궁금해요

예 만화, 초대장, 노랫말 등으로 소개한다.

- 특정한 형식에 맞추기보다 소개하려는 내용을 이해하기 쉽고 재미있게 나타낼 수 있는 다양한 방법을 생각해 봅니다.

4주 137쪽 내가 할래요

예 제목: 신명 나는 탈춤의 축제로 초대합니다! / 받는 사람: 탈춤을 사랑하는 모든 분들께 / 초대하는 말: 하회탈의 고장 안동에서 올해도 어김없이 안동 국제 탈춤 페스티벌이 열립니다. 우리 전통의 아름다움을 고스란히 간직하고 있는 안동에서 신명 나는 탈춤의 세계를 체험할 수 있는 멋진 기회가 될 것입니다. 올해에도 국내외 탈춤 공연단의 공연과 하회 별신굿 탈놀이, 화려한 행진 등 다채로운 문화 행사가 준비되어 있습니다. 안동 국제 탈춤 페스티벌, 많이 보러 오세요! / 때: 20○○년 9월 27일부터 약 열흘 동안 / 곳: 안동 시내, 탈춤 공원, 하회 마을 등 / 쓴 날짜·쓴 사람: ○월 ○일 안동에 사는 김서우 올림

- 주어진 글에서 초대장에 필요한 내용인 제목, 받는 사람, 초대하는 말, 초대하는 때와 장소, 쓴 사람 등을 찾아 초대장을 써 봅니다. 그리고 초대장도 사진이나 그림 등을 이용하여 멋지게 꾸며 봅니다.

NE 능률

교과 이해력 UP 시켜 주는, **초등 어휘 필수 교과서**

세 마리 토끼 잡는 초등 어휘

세토어로 공부한 아이는 **교과 이해력이 다릅니다.**
세토어는 참고서가 아니라, **어휘 교과서입니다.**

www.nebooks.co.kr

초등 어휘 교과서 세토어는…?

★ 한자어, 고유어, 영단어 학습을 한 번에!

★ 어휘 학습을 통해 초등 교과 내용 완벽 이해!

★ 한자 활용 능력을 키워 주어, 중·고등 교과 대비도 척척!

5권 구매 등록마다 선물이 팡팡!

세토 시리즈 래빗 포인트

★★ 래빗 포인트 적립하기

포인트 번호

0251-L738-8348-M403

1 래빗 포인트란?

NE능률 세토 시리즈 교재 구매 시 혜택을 드리는 포인트 제도입니다. 1권 당 1P가 적립되며, 5P 적립마다 경품으로 교환 가능합니다. (시리즈 3종 포함 시 추가 경품 증정)

2 포인트 적립 방법

1 세토 시리즈 교재 구입
2 래빗 포인트 적립 페이지 접속 (QR코드 스캔)
3 NE능률 통합회원 로그인
4 포인트 번호 16자리 입력

3 포인트 적립 교재

- 세 마리 토끼 잡는 독서 논술
- 세 마리 토끼 잡는 초등 독해
- 세 마리 토끼 잡는 급수 한자
- 세 마리 토끼 잡는 초등 어휘
- 세 마리 토끼 잡는 역사 탐험
- 세 마리 토끼 잡는 초등 한국사

★ 포인트 유의사항 ★

- 이름, 단계가 같은 교재의 래빗 포인트는 1회만 적립 가능하며, 포인트 유효기간은 적립일로부터 1년입니다.
- 부당한 방법으로 래빗 포인트를 적립한 경우 해당 포인트의 적립을 철회하고 서비스 이용을 제한할 수 있습니다.
- 래빗 포인트에 관한 자세한 사항은 래빗 포인트 적립 페이지 맨 하단을 참고해주세요.

NE 능률